# 2024
# 국내문학상
# 수상작품집

오선문예

# 축 사

## 김 호 운

(소설가 · 한국문인협회 이사장)

## 우리 사회를 아름답게 가꾸는 시인들의 향기

문학은 우리에게 무엇을 주는가'라는 제목으로 여러 차례 특강을 한 적 있습니다. 어릴 때 어머니에게 동화책을 사달라고 했을 때 "책에서 밥이 나오냐 떡이 나오냐" 하시던 어머니의 말씀을 듣고 돌아서서 울었습니다. 어른이 되고 등단을 한 뒤 저는 비로소 어머니의 이 말씀을 이해했습니다.

문학은 그것으로 당장 무엇을 할 수 있는 도구가 되지 못합니다. 배고픈 이에게 밥이 되지 못하며 러시아의 침공을 받은 우크라이나에서는 눈앞의 적을 물리치는 무기가 되지도 못합니다. 이런 문학을 우리는 왜 하고 있을까요. 그 해답을 저는 『한국문학의 위상』(김현, 문학과지성사, 1976)에서 찾았습니다. 문학은 쓸모없는 눈으로 쓸모있는 것에 노예가 된 사람들에게 그 사슬을 풀고 자유의 공간으로 나오게 합니다. 이것이 '문학은 우리에게 무엇을 주는가'라는 물음에 대한 답입니다. 문학은 '쓸모없는 것'이기에 사람들을 억압하거나 구속하지 않습니다. 사람들은 쓸모 있는 것만 찾기 때문입니다. 그런 문학이 사람들을 자유 공간으로 나오게 하는 힘을 가지고 있습니다.

이번에 그 동안 열심히 아름다운 시향(詩香)으로 훌륭한 시를 빚어 우리 사회를 밝게 해 주시던 시인들이

작품을 모아 시 사화집을 펴낸다는 소식에 기쁜 마음으로 박수를 보냅니다. 이 시 사화집이 독자에게 전해져서 사람을 향기롭게 사회를 아름답게 시의 숲을 이룰 것입니다. 참 기쁜 일이 아닐 수 없습니다.

다시 한번 '문학은 우리에게 무엇을 주는가' 라는 이 질문을 되새겨보았습니다. 문학은 인간과 자연을 탐구하는 예술이며 인간은 사회라는 집합 문화에서 삽니다. 아리스토텔레스도 일찍이 "인간은 사회적인 동물이다" 라고 했습니다. 사람은 사회를 떠나 살 수 없습니다. 이 사회가 제대로 움직이고 발전하지 않으면 우리는 제 결대로 살아가기가 힘듭니다. 이를 바로 잡고 움직이게 하는 중요한 역할을 우리 문학이 하고 있습니다. 문학이 제 기능과 역할을 하지 못하면 집합 문화 사회의 톱니바퀴가 제대로 돌아갈 수가 없습니다.

문학 작품을 한 그루 나무에 비교한 적도 있습니다. 나무가 없으면 사막이 되고 그런 환경에서는 사람이 살 수가 없습니다. 우리 전통 시조가 맑은 공기와 맑은 물을 만드는 그런 나무 한 그루처럼 사람과 사람 사이에 인정의 향기를 만들어 '사람을 향기롭게 세상을 아름답게' 만들어 줄 것이며, 나아가 이런 활동이 '문학을 존중하고 문인을 존경하는' 그런 사회를 이루는 데 큰 동력이 될 것입니다. 그런 사회를 이루고자 이번 사화집을 함께 펴낸 시인 여러분께 존경과 감사의 찬사를 보내며 앞으로 더욱 큰 발전이 있기를 기원합니다.

## 발간사

### 오선문예
### 이 민 숙

영혼을 담아 묵향으로 빚어내는 작가님들의 작품들은
한 행 한 연을 지어서 한 편의 작품을 완성하기까지
고뇌하고 퇴고하며 마음을 다한 소중한 글이기에
수상 작품을 한자리에 모아 공유하고
서로 격려하는 글 마당이 되기를 바래보았습니다

여러 문인협회에서 혹은 공모전에서
두각을 드러내고 집필하신 작품들을
다시 만나보는 자리를 만들어
잊혀져 가는 추억을 되새김 함으로
다시 한번 힘을 얻고 좋은 글 적는데
활기를 불어넣기를 간절히 바라는 마음입니다

세상 사는 일에 동기 부여란
잠자고 있는 감성을 깨우고
앞만 보던 길을 옆도 보고 뒤도 보는
맑은 혜안으로 생각을 확장하여
의기 소침했던 시간에 용기를 입히고
기세 등등한 현 주소를 담금질 하는
계기가 되기를 바라며 의미있는 일이라 여겨 추진하게 되었습니다

문학상 작품을 모아서 서로 나누어 보는
아름다운 글 나눔에 기꺼이
귀한 작품을 주신 작가님들께 진심으로 감사드립니다

# CONTENTS

## 오선문예 좋은 글 선정작

# 초대시

## 강 정 화

# 깃발의 혼

혼자서 오를 수 없는 꼭대기
누가 그대 하늘에 매달았는가
하늘 가로 지르는 당당함으로
거부할 줄 모르고 매달렸는가
흔들려도 어지럽다 말거라
때리거든 흠뻑 맞아라
홀로 있다고 외롭다 말거라
처절한 아픔이 곤궁할 때까지
극기의 날 온전히 견디어라

힘차게 뻗은 욕망으로
하늘 바다에 떠돌지 않으려
수 만번 흔들림을 이겨온 날들
수천수만의 떨림은 잎새에도 있음을
더 열렬히 흔들리며 버티어 온 날
어둔 곳 밝히는 촛불처럼
서럽도록 아린 지난 세월
눈물겨운 넋들을 불타게 하는
목종이 되어서라도 울리거라

## 프로필

한국문인협회 시분과 회장 역임
현)한국문인협회 28대 부이사장

## 靑民 박철언

# 인생

봄볕에 취하네
꽃바람 소리에 취하네
세상은 밝고
사방은 향기로워라
바다처럼 편한 마음
산처럼 따뜻해지는 가슴
나는 들판에 누워
그림처럼 구름처럼
봄을 타고 흘러간다
봄에도 비가 뿌리고
내 몸에도 비가 내리네
세상은 적막하고
사방은 우울하여라
바다처럼 불안한 마음
산처럼 아득한 가슴
나는 비에 흠뻑 젖어
고통의 터널에 들어서니
그래도
터널 끝에서는 봄 자락이 반짝이네

### 프로필

- 세계문학상 대상, 한국문학사를 빛낸 문인 대상,
  시세계문학상 대상, 문학세계문학상 대상,
  서포문학상 대상, 영랑문학상 대상 외 다수
- 저서 『바른 역사를 위한 증언1,2』 외 3권,
  시집 『작은 등물 하나』 외 5권
- 시인, 변호사, 법학박사, 서울대법대 졸업, 검사장,
  대통령정책보좌관, 장관, 국회의원, 건국대 석좌교수
  한반도복지통일재단 이사장, (사) 대구·경북발전포럼 이사장

## 권 갑 하

# 오곡밥

〈쌀〉

한 톨 씨알로 영근 눈물 같은 목숨임을

배 곯아본 사람은 안다
'쌀'이 '살'이라는 것을

혼이요
생명인 것을,

빼앗겨 본 민족은 안다

〈보리〉

처절히 짓밟힐수록 퍼렇게 일어서는
농익어도 꼿꼿한
까끄라기 자존으로

**프로필**

시조시인. 문화콘텐츠학박사. 1992년 〈조선일보〉〈경향신문〉
신춘문예 등단. 시조집 『겨울 발해』 『오곡밥』 등 여러 권.
2011년 중앙시조대상 등 수상.
평론집 『현대시조와 모더니즘』 등 2권.
현 강남문인협회장. 전 한국문인협회 부이사장

막막한
식민의 고갯길
땅을 짚고 넘었지

〈조〉

좁쌀로 뒤웅박 파는 그런 삶이라지만
길들면 강아지풀도 노랗게 여물어서
가물던 어머니 젖에 사무치던 이유식

〈콩〉

목숨의 뿌리 같은
든든한 종부 같은

흑간장 하얀 두부 누런 된장 청국장

변하지 말아야할 것은
입맛만이 아니다

〈기장〉

밥 인심이 좋아야지
하늘 같은 밥 아닌가*

계절 따라 체질 따라 어우러진 아홉 나물

찰기장 한 줌 더하면
약보다 귀한 오곡밥

*食爲民天, 『세종실록』

## (사)한국현대시인협회상

### 전 민

# 어떤 고해성사

신부님 제가 백주 대낮에
눈이 먼 할머니가 혼자 사는 집에
눈 똑바로 뜨고 몰래 들어가서
말린 고추를 들고 나왔습니다
다행히 아무도 본 사람은 없지만
양심이 널을 뛰어
잘못했음을 고해하러 왔습니다

당장 회개 하십시오
십계명에 도둑질하지 말라 했지요
도둑질은 형제님의 인생에
큰 오점을 남기는 죄 입니다
순간의 잘못으로 큰 실수를
다시는 하지 말아야 합니다

다시는 실수를 하지 말아야지요
깊이 반성하며 흔적을 지우겠어요
할머니가 볼 수 없을 거라 믿고
고추를 지고 나오며 남긴 발자국을
성사 끝내고 가서 지워야겠어요
오점을 닦아야겠어요

아멘

전민 11시집 『바람은 잠을 이루지 못한다.에서

**프로필**

월간 1985년 《시문학》 등단
*시집 :『소원의 종』외 13권
*현재: 국제계관시인연합한국본부
이사장, 국제pen한국본부 이사
전 호서문학회 회장,
전 한국문인협회 이사 ,
전 한국현대시인협회 부이사장
*수상: 대전시문화상, 문학시대
대상, 한국현대시인상, 박종화문
학상 수상 등

## (사)한국현대시인협회상

## 정 근 옥

# 하얀 강

겨울을 흐르는 강은 어둠 속에서
스스로 길을 만들어 외로이 흘러간다

별빛을 머리에 이고 한번 간 적 없는
생의 사막길을 홀로 헤쳐간다

사랑하는 사람과 함께 길을 걸어도
세월이 할퀸 상흔이 화석으로 남아

꽃잎 흔드는 바람이 불면
가슴은 늘 멍이 들어 쓰라리다

흰 물결 흐르는 강물 위에서
가랑잎 목숨 한 점이

캄캄한 빛을 밀어내고
은하를 떠가는 별이 되어 반짝거린다

## 프로필

시인.문학박사. 문학비평가.
한국현대시인협회 지도위원 (부이사장). 국제펜한국본부감사,
중앙대문인회 부회장,월간 시 편집고문, 시와함께 주간 외.
한국현대시인상, 신문예문학대상, 열린문학상 수상 외,
시집 '수도원 밖의 새들'외, 평론집 '조지훈 시 연구'외

제17회 한국문학 백년상 (한국문인협회)

## 김 진 중

# 외마디 비명悲鳴으로
- 윤동주 시인 탄신100주년에 부쳐

어머니 흰저고리 나의 어머니
이밤 따라 겨울비가 추적입니다.
이제 우물 속에 비친 동주는
울어도 못 울어도 소리가 없어요.
내를 건너서 마을로
북간도의 밤별을 헤던 꿈자락도
이젠 하얀 약물에 굳어지고 말라 가네요
눈을 감으나 뜨나
어디까지가 이승의 끝자락인지
어디서부터가 저승의 문지방인지

어머니 북간도의 나의 어머니
스물일곱 해 달포 간의 제 한살이는
오로지 나랏말씀으로 시를 쓰고
그저 잎샛바람처럼 괴로워한 것뿐인데
제 안엔 반짝이며 부서지는 별빛과
사랑스러워 눈물겨운 이름씨들과
아스라이 졸리우는 봄날의 동경憧憬뿐이었는데
이제 마지막 피돌기도 멈추려 하네요
명부의 나라에서 오라 손짓하네요

어머니 무명수건 나의 어머니
육첩방도 남의 나라 방이었는데
여기는 후쿠오카 남의 나라 창살방 속
이제 가녀린 이 명파람 숨 그치면
저는 어디로 흘러가야 하나요
지상에서 마지막으로 불러보는 나의 어머니
조선의 어머니

외마디 큰 비명(悲鳴)을 지르고 싶어요

## 프로필

김진중 수상시집 『누가 순국을 보았는가』 중에서
民調詩人 김진중(金進中) ·
자유문학회 명예회장. 불교문학회 회장 .
국제펜한국본부 ·(사)한국현대시협··농민문학회 이사.
저서:  민조시집「사촌시편」.등 7권」.
      독립운동가 추모헌시집 「누가 순국을 보았는가」
      漢韓 번역시집 「김삿갓 민조시」.
      동인시집 「한단시·4 등 10여 권
수상: 제17회 한국문학백년상.(한국문인협회) 외 다수.

국내 문학상 수상작 작품 모음집

농민문학상

## 조 규 수

# 농부

농부는
생명을

한
알
씩

한
줌
씩
땅에 묻었다

며칠 후
땅에서

별이 솟았다

### 프로필

사)한국현대시인협회 사무국장 사무총장 감사역임 현 이사
현대작가회 부회장
글핀샘문학회장
한국문인협회회원
국제펜 회원
농민문학상 북한강 문학상대상. 팔달문학상등

## 2023년 인사동 시인상

### 이담 안광석

# 꿈

잠이
대청마루를 베고 누웠다

우주를 날아들며
월척을 낚다 놓쳤다

아침인지, 저녁인지
해뜩발긋 하네

추스르고 앉아보니
덧없는 꿈이로다.

### 프로필

동국대학교 국문과 졸업
문학미디어 시.창작과의식 수필.한국아동문학 동시 등단.
한국문인협회 윤리위원장. 국제 pen한국본부 이사
한국현대시인협회 부이사장. 문학미디어 작가회장
청주시인협회 창립회장. 충북시인협회 창립회장 역임
현) 충청북도시인협회 고문
　　한국현대시인협회 지도위원

## 이담 안광석

## 시詩야 詩야

시詩야 오르거라
힘껏 솟아 오르거라
종족의 대를 이으려는 연어처럼
세월을 역류해 솟아 오르거라

목적 잃고 떠도는 세상
너만이라도 희망 버리지 말고
어지러운 삶
詩야 거스르며 날아 오르거라

암담한 세상의 흐름
거스르는 힘찬 몸부림에
번쩍이는 은린인양
詩야 올곧게 역류해 오르거라

거짓과 양심 없는 세상
조금이라도 세상이 정화되는 詩야
막힘없이 밝은 세상 향해
시詩야 솟아 오르거라

영축문학상

## 한 이 나

## 적멸보궁 앞에서
―통도사 시편 1

먼 곳 먼 길 두두물물의 세상을 돌아서
통도사, 우레와 번개를 피해 염려로 달려온
내 안의 남쪽
그대에게 가는 엄한 손길

높고 아득한 피안의 세계
석가여래의 미소였습니다
마음에 문신을 새길
이심전심의 오늘을 내내 기다렸습니다

### 프로필

1951년 청주 출생.  청주 교육대학교 졸업
1994년 『현대시학』 발표로 활동시작.
시집 『물빛 식탁』, 『플로리안 카페에서 쓴 편지』,
『유리 자화상』, 『첩첩단풍 속』,
『능엄경 밖으로 사흘 가출』외 2권,
시선집 『알맞은 그늘이 내가 될 때』
수상: 2010 서울문예상 대상, 2012 한국시문학상,
2018 꽃 문학상, 내륙문학상, 2020 대한민국시인상  대상,
2020 영축문학상,  2016 세종도서나눔 선정

시시때때 악귀를 막아준 사천왕과
자장매화의 위로가 있어
오랜 헤매임 끝
금강의 계단 적멸보궁 앞에 섰습니다

이제 너와 나의 구별없이 삶을 편안하게
대할 수 있을런지요
이 어지러운 생각 끊어내고
사람이 가야 할 법을 따를 수 있을런지요

사리탑을 돌고 돕니다
공손하게 '참 나'의 자리로 거듭나기 위하여

눈물바람을 치우고 나를 찾아서

## 한 이 나

# 직지, 길을 묻는다

직지심경直指心經은 오래 된 유적 마음의 길이다

청주 나들목에서 강서동 반송교까지
플라터너스 가로수길,
고향을 내달릴 때 가벼운 마음이 한 걸음이다

철당간을 지나
무심천을 건너
구부러진 골목과 산책로를 휘돌아 가면
고려의 직지에 닿을까, 흥덕사에서 찍어낸
세계 최초의 금속 활자본
칠백 년의 숨결을 맡을 수 있을까

글자의 마음 心에
닿을 수 있을지 길 속의
길을 묻는다

종이를, 쇠와 불을, 먹을 다루던 조상의 엄한 손길
글자 한 자 틀릴 때마다
마음 졸이며 혹독했을 정신의 치열함
누대로 전해진 어둠 속 심법心法

사람의 마음을 맑고 바르게 보면 얻어질
마음공부를 되뇌인다
집으로 돌아가는 길이 환하다
직지의 슬픔과 자랑이 무심천 가득히 윤슬로 반짝인다

## 2024년 제10회 산림문학상 수상 작품

### 유 회 숙

# 여름보고서

건조대에 걸린 눅눅한 일상이
입단속을 하네요
냉수욕에 삼베 홑이불 뒤집어썼지만
고열로 들뜬 오후가 소리쳤어요

바로 코앞에 들리는 소릴 내다보면
방충망에는 매미 한 마리 한 잎의
흑백 무늬 큐알코드
바람의 중심에서 숨죽이고 있어요

사람이 사람을 생각하는 일
슬픔이 슬픔에게 건네는 위로
오직 한 사람을 위하여
이처럼 간절히 울어줄 수 있을까

땡볕을 쏟아내는
전기드릴로 나사못 조이듯
허공에 박혀있어요
소리가 소리를 덮는 고요

은유의 깊은 잠에서 깨어나
매미 등을 한바탕 두드리며 지나갈 때
울울창창 울울창창
원시의 동음어로 여름 보고서를 썼어요

**프로필**

1999년 《自由文學》 시 등단. (사)한국문인협회 제도개선
위원, (사)한국산림문학회 이사, (사)한국편지가족 고문. 시
집 『나비1 나비3』 『국수사리 탑』 외. 저서 『편지선생
님』. 제13회 불교문예작품상, 국립산림치유원 '숲, 디카
詩' 수상, 제10회 산림문학상

# 수상작 모음

## 이 민 숙

# 대한독립 104년을 기리며

거룩한 분노 마른 침묵
대한독립만세 부르던 날까지
살아도 살지 못했을 일제강점기
독립의 외침이 들끓고 있었다

이국땅 상하이에서
왜놈의 수장에게 폭탄을 던진 25세
꽃다운 청춘 100년 전 그날
그는 산 채로 목을 꺾었다

억압과 치욕 속에서
자유를 찾아 헤매던
피맺힌 영혼 숨죽인 세월아
아! 어찌 견디었을까

빼앗긴 국토
잃어버린 언어를 찾던 날
붉은 꽃들도 온 산야도 두 팔 들었고
하루 해가 짧은 구름도
여린 풀잎도 태극기를 들었다

울분을 꺾을 수 없던 조국의 지조가
삼천만의 가슴에 흰 깃발로 나부끼니
언 강도 녹아 만세를 외치며


붉은 눈물로 해방된 바다로 흘렀다
처절한 슬픔과 고문의 절규는
만세 삼창 뜨거운 목젖 울분 토할 때
숨막혔던 심장도 검붉게 뛰놀고
한맺힌 가슴마다 환희의 봇물이
폭포처럼 터졌다


## 프로필

현)한국문인협회 이사, 현대시인협회 이사
제9회 매헌 윤봉길 문학상 대상 포함 대상 5회 수상 ,
탐미문학상 본상 포함 본상 3회 수상
한국문학베스트셀러 작가상 외 문학상 공모전 14회 수상
오선위를걷다 외 제4시집//영상시 제8시집까지
추억의 빗방울 합창곡 *남양주 시립합창단* 외
작시 가곡 5편 //현대작가회 외 문예지 25권
한국문인협회 사화집 외 동인 문집 30권
피아니스트, sns, 오선 이민숙

제4회 하유상 문학상 본상

## 이 민 숙

# 사랑은 아픔입니다

사랑해본 사람은 압니다
아홉 번은 흔들리지 않으려
다짐하다 다짐하다
스스로 쓰러지는 일입니다

사랑해본 사람은 압니다
이슬 같은 눈물방울로
제 몸을 씻고
뼈를 깎는 슬픔도 보듬고
기꺼이 그 길을
행복으로 걷는 사람입니다

사랑해본 사람은 압니다
반짝이는 별빛을 관통하고도

붉은 살점 뜯기는 긴 슬픔과
더 깊은 외로움에 한참을 다녀와도
사랑의 힘으로
아프지 않아야 된다는 것을 압니다

사랑해본 사람은 압니다
외로움을 이기지 못하는 여림과
괴로움을 기꺼이 이기는 강함이
사랑 그 덩어리라는 것을 압니다

3집 //오선지에 뿌린 꽃씨 중에서~**

제9회 매헌 윤봉길 문학상 대상

## 이 민 숙

## 독도

방파제를 할퀴는 망망대해
검푸른 바다에 우뚝 서서
하루를 밀어 올리는 햇덩이를
두 팔 뻗어 품어 안고
대한의 푸른 심장을 지키고 섰다
한국령의 깃발을 가슴에 꽂은 독도는
넘어져도 발딱발딱 일어서는 오뚝이같이
격동의 시대에도 오천 년을 이어 온다
대한의 긍지인가 혈손의 기백인가
동녘에 콕 찍은 복점
황금어장 품고 있는 온 국민의 사랑 덩이를
괭이갈매기도 알고 있었는지
오천만의 염원을 날개에 달고
지천의 힘으로 끼룩~아리랑
끼룩 끼룩 ~아리 아리랑
하얀 태극기가 되어 하늘을 지키고
땅을 지키는 보랏빛 해국은
무궁화의 기운을 담뿍 받아
조국의 바램을 꽃잎에 담아 놓고
덩더쿵 쿵덕 덩더쿵 쿵덕
뿌리마다 지신을 내려
독도를 둘러싸고 세세 무궁 피고 지고 핀다

## 김 종 덕

# 그리움은 기다림 없이 결코 눈물 맺지 않는다

바람이 분다. 고운 실바람이다. 사람을 싣고 왔다. 아니 그리운 향을 전해왔다. 사람은 자극에 반응하는 동물이다. 아쉬움에 반응하고, 그리움에 반응하고, 사랑에 반응하고, 미움에 반응하고, 기쁨에 반응하며, 기다림에 익숙해져서 그 결과로 눈물을 낳는다. 이 눈물은 참으로 많은 마음을 품고 있다. 잊을 수 없는 일에 대한 그리움, 보낸 이에 대한 그리움, 혜성처럼 아스라이 멀어져 가는 그리움, 수많은 그리움을 하나로 만들어 내는 것이 진실한 눈물이다.

그리움은 기다림 없이 결코 눈물 맺지 않는다. 그리움을 말로써는 설명이 안되는데 눈물로는 설명이 된다. 참 이상하게도 벌을 받아도 눈물로 설명이 된다. 아주 눈물 나도록 그리운 사람을 잊을 수 있다면, 잊힐 수 있다면 하고 생각하는 그 차체가 그리움에 대해 반응을 하는 것이다. 그리움은 화학 반응처럼 일어난다. 화학 반응이란 자신이 완전히 없어지고 다른 형태로 되는 것이다. 그래서 왜 그리움이 생기는 가를 보면 서로 다른 두 개의 마음이 화학 반응을 일으켜 지울 수 없는 기억을 만들기 때문이다. 그래서 마음이 없는 상태는 그 삶이 없는 것이고, 화학 반응을 일으킬 원료가 없어지는 것이다. 마음을 찾는다는 것은 그 대상이 무엇일지라도 자신이 감당해야 하는 삶이 되어 간다.

**프로필**

*전남대학교 명예교수(약학박사)
*시집〈태양의 길로 가라〉〈바람부는 날 둥지 트는 새〉
*수필집〈그리움은 기다림없이 결코 눈물 맺지 않는다〉
*여수 문화예술나눔공동체 공동대표

그래서 화학 반응의 종류는 삶을 영위하면서 그 가짓수는 헤아릴 수 없을 정도로 많이 일어난다. 화학 반응으로 일어난 일들을 잊으려 해도 잘 잊히지 않는 것이라면 그냥 두어야 한다.

화학 반응이 너무 심하게 일어나면 상처가 되어 지워지지 않는 그리움으로 남는다. 눈물을 만들려면 아주 고귀한 진실한 마음이 있어야 한다. 이러한 마음으로 살면서 생긴 것들을 반응의 원료로 넣어야 한다. 고귀하다는 것은 절실한 것이고, 그 대상이 너무 흔하여 챙길 수 없는 것일지라도 정성을 다하는 마음으로 답해야 한다.

에로스적인 사랑은 반응시킬 수 있는 원료가 엄청나게 많아, 눈물도 엄청나게 많이 만들 수 있다. 그러나 너무 흔해서 느낄 수 없는 원료 중에서 어머니라는 마음이 있다. 너무 가까이 있어 반응의 원료조차 될 수 없었던 그 마음이 이제야 생의 한가운데로 치고 들어와 눈물을 만들 재료가 되고 있다. 이러한 재료는 너무 값이 비싸서 살 수 없었을까, 너무 싸서 그 가치를 알아보지 못해서였을 것이다. 어머니의 마음은 처음에는 자그마한 씨앗이었다. 이 씨앗이 자라남으로써 고통스러운 많은 마음을 만들어 갔다.

일에 대한, 남편에 대한, 자식에 대한, 말 못 하는 축생들에 대하여, 어쩌면 눈물이 빠져나가지 못하도록 그렇게 열쇠를 꽉 채우면서도, 한편은 고귀하고도 예쁜 마음으로 하루하루를 마음에 쌓았을 것이다. 모든 잘못된 일들은 본인의 탓이었을 것이고, 잘되는 일을 잘 보이지 않았을 것이며, 뒤돌아보면 너무도 갑갑 답답하고, 앞을 바라보면 깜깜한 한밤이었을 것이다. 그래도 살아온 것은 눈물을 만들기 위해서 일 것이다. 살면서 몇 번의 기쁨을 느껴 보았을까. 자식들이 태어났을 때도 기쁨보다는 몸조리도 못 하고 산으로, 들로, 논으로, 밭으로 뛰어다녔고. 그러다가 봄에 피는 진달래를 보았을 것이다. 진달래는 그렇게 향이 진하지 못하다. 참으로도 잎이 나지도 않고 꽃을 먼저 피우는 진달래를 보았을 것이다. 그리고 느꼈을 것이다. 깊은 겨울 동안 얼마나 봄을 기다렸으면 잎도 없는 꽃을 틔울까 하고. 이 꽃이 주는 웃음을 배웠을 것이다. 너무나도 닮은 자신의 마음을 자극하였을 것이다. 싸늘한 봄날에 부는 바람이 차다기보다는 진달래를 웃게 하는 고운 바람으로 느꼈을 것이다. 그리고 오늘 바람은 왜 이렇게 따스할까 하고 생각했을 것이다.

김 종 덕

# 바람

바람에 흔들리며 살아왔을 사람. 고마운 바람, 미운 바람, 고운 바람, 찬 바람, 시린 바람, 몰아치는 바람, 거센 비와 함께 오는 바람. 이러한 바람과 함께 겪어 온 사람, 너무나 가치가 없어서 살 수도 없을 사람, 눈물을 만들기에는 너무도 가득한 사람. 바람에 휩싸여 너무도 빨리 간 사람. 기다리는 것을 배우지 못한 사람. 애가 타는 이 원료들로 다 못한 마음에 맑은 눈물을 만드는 반응을 일으킬 수 있을까.

그래서 화학 반응은 독을 남기기도 한다는 것을 지금에서야 안다. 좋고 고귀한 재료는 고귀한 물질만을 만들어 낸다고 알았던 화학 반응이 틀렸다는 사실도 지금에서야 알았다. 값싼 원료가 너무 흔해서 이것으로 더 고급스러운 물질을 대량으로 만들 수 있다는 사실도 너무 늦게 알았다. 이러한 일들은 고귀하고도 진실한 눈물을 만드는 원료로써는 쓰이지 못하고, 반응이 강하게 일어나게 하는 촉매로써 상처를 넘어선 독을 만드는 데 사용되었고, 그 독은 텅 빈 마음을 갉아먹곤 했다.

또 한 가지는 화학 반응이 일어난 것은 원래대로 되돌리기가 어렵다는 사실이다. 그래서 남는 것이 그리움이고 기다림이다. 화학 반응은 조건이 맞추어지면 자연스럽게 일어난다. 그래서 우리가 살아가는 동안에는 반응이 격하게 일어나지 않게 하는 조건들을 찾고, 만들어야 한다.

그리운 대상이 있다는 것은 진실한 마음이 있다는 것, 이것이 상처로, 독으로 남아도 눈물로 저장될 수 있다는 것에 감사한다.

그리고  고운 바람이 불 때 눈물을 실어 보내어, 한량없는 넋에 도달될 수 있기를 바라본다.

## 제1회 서울시민문학상 본상

## 박 종 도

## 눈 쌓인 도봉산

하얀 눈 쉼 없이 내리니,
온 세상 시름
다 떨치려하는가?

선승들의 번뇌어린 산책길엔
금방이라도 옛 선인들이 달려 올듯 하는구나.

숫한 세월 아름드리 노송(老松),
모진 풍파 주름 속에 한결같이 푸르구나.

광대무변한 우주 속,
티끌 같은 존재이나
사람 없으면 천지가 공(空)한 것이거늘

뜻한바 발원 하늘, 땅 응감하여
어느 날 천지자연, 만물일체 될까!

### 프로필

철학박사
성균관대 유교철학 · 문화콘텐츠연구소 연구원
성균관대 대학원 강사
(사) 겨레얼살리기국민운동본부 이사장 역임

## 박 종 도

# 화무십일홍(花無十日紅)

활짝 핀 꽃 하도 예뻐 발길을 멈추었는데
오늘 보니, 그 길에는 초라한 가지만을 남겨놓았네.
어제 본 그 아름답던 자태는 슬픔에 기대어 오는구나.
　'화무십일홍(花無十日紅)'
피었다 자랑 할까 졌다 슬퍼할까?

사람의 한 세상 또한 봄꿈이러니.
인간사 찰나.
티끌 속에 기억하는 이
역시 잠깐 덧없이 왔다가는 것을
뽐내고 자랑할 게 무엇 있으랴!

필 때 질 것 이미 알았고,
질 때 다시 필 것을 알지 않았느냐!
오직 그대와 하늘만 알 터이니
하늘이 주신 이치대로 잠시 여행하다 가는 것을

이 짧은 오솔길 위에
찬란한 새 봄도
왕성한 여름도
풍요로운 가을도
삭풍의 겨울도
덧없이 지나간다.

아아! 자연은 성인보다 위대한 것을

## 바람 역시 불다가 그치거늘
## [풍역취이식(風亦吹而息)]

청춘은 아름답다.
돌아본 청춘은 더욱 아름답다.
비틀거리는 청춘이었기에 눈물겹게 아름답다.

무지개를 좇아 달려온 지난(至難)의 흔적은
현실보다 진한 추억으로 감미롭게 덧칠되지만
사람 향기 전하지 못함이 부끄러움으로 남는데

아아! 번개가 친다.
찰나를 보면서도 길다고 바둥바둥 살아온 인생.
이제 욕심도 미움도 내려놓고
허허로운 마음으로 술을 벗한다.

구름처럼 흘러가는 인생
텅 빈 마음도 바람의 뜻이겠거니
행복도 불행도 잠시 왔다 가는 것

술잔 채워 줄 당신 있다면
기꺼이 사랑하며 사람 향기 피우며 살아가리라.

전 산 우

## 그리운 산 8

나는 그대가 치장하는 일을
무엇 하나 도울 수 있는 게 없다

염색을 하고
눈썹을 그리고
루주를 바르고
지분을 다독거리고
향수를 뿌리고
옷을 갈아입는다고
그리 바쁘게 돌아가지만
도대체 거들 수 있는 게 없다

그저 그리운 마음에
그대를 찾아가
치장을 더디게 할 뿐
마냥 귀찮게 할 뿐

## 박 순

## 페이드 인

물줄기는 지그재그로 흘렀다 무모하게 뛰어내렸다 절벽 앞에서 뒷걸음질 치고 싶은 날도 있을 것이다 부딪치고 튕겨져 나왔다 무른 바위의 살점이 떨어져 나가는 시간은 계속된 지 오래 서로는 파편이 되어가는 시간에 충실했다 어느 한 날 폭포는 바닥에 떨어지기도 전에 얼어붙었다 산짐승의 이빨을 닮은 폭포는 바닥을 향해 매달려 있다 겨울이 깊어질수록 폭포와 바위는 뜨겁게 엉겨붙었다 경계를 감춘다 겨울은 마취의 계절이다 눈을 좀 붙여보는 건 어때? 한숨 자고 나면 괜찮을 거야… 봄은 서로의 경계를 드러내는 통증의 시간 입술 위에 봄을 올려놓는다, 그 환한 봄을,

### 프로필

2015년 계간 『시인정신』 신인문학상 수상
2021년 시인정신 우수작품상 수상
2023년 서울시립뇌성마비복지관 표창 수상
시집 『페이드 인』 『바람의 사원』

## 타이탄 아룸

칠 년에 한 번씩 꽃피우는 타이탄 아룸
몸에서는 36도 열을 발산한다
동물 썩는 냄새가 난다
저 꽃,
칠 년 기다림으로 단 이틀을 견디다
점 하나로 스러져 갈 뿐이다
꽃잎보다 더 큰 기둥만 한 중심을 세우기 위해
시체 냄새를 피웠으리라
어찌 좋은 냄새만 갖고 살 수 있을까
당신과 타협하지 못한 가슴은 썩어 문드러진다
가슴앓이는 악취를 내며 입과 코를 움켜쥐게 한다
누군가는 나의 냄새를 좋아할 리 없다
그럼에도 불구하고
튕겨져 나오려는 시간 속에
중심을 세우려 애를 쓴다


*적도 부근의 열대우림에 자생, 시체꽃으로 불림

박 순

# 호구여, 나는 그대를 사랑한다

누군가 나를 호구라고 부를 때
범의 아가리에 들어갈 때
입에 겨우 풀칠을 할 때
얼굴 몸통에 단단히 착용할 때
시라는 감옥에 스스로 갇혀
안 되는 줄 알면서 한다는 말들
정해진 옳고 그름에 대해
정해진 좋고 나쁨에 대해
자아에 대한 성찰에 몸부림치다
시인이라는 자괴감과 마주한다
함구를 하다 보니 호구가 되었다
나의 호구인 시여, 시여, 사랑하는,
입을 꾹 다물고 그대를 부른다
누군가 나를 호구라고 부를 때

## 정 해 란

# 여름비 변주곡

한 계절을 채집한
감정을 연주한다

서로 다른 빛깔로 엉킨 감정들
저마다 푸른 음표로
공간을 수직으로 미분한다

음표가 부딪히는 순간
지나는 바람 몇 줄기는
맑은 현 고음으로,
팽팽하게 짙푸른 나뭇잎은
중저음 초록 건반으로
물빛 오선을 유영하듯
푸른 밤을 탄주한다

투명한 변주곡 너머
덫에 걸려있던 몇몇 감정
정체된 나의 계절을
비로소 민소매 원피스로
시원하게 건넌다

## 프로필

제3시집 『시간을 여는 바람』으로 제22회 '황진이문학상' 최우수상
2024 '신춘문학상' 전국 공모전 금상 외 다수
한국문인협회 및 국제PEN클럽, 대한문인협회 및 한국 신문예 회원

정 해 란

# 장미, 꽃의 언어

밤새워 별빛, 달빛 끌어모은 이슬
햇살에 스며 제 몸 사라진 자리마다
꽃잎의 활자를 힘겹게 더듬어
송이마다 붉은 절정 피워 낸다

고인 통증과 핏빛 울음
안으로 안으로만 삼키고
줄기마다 가시로 매단 채
고귀한 향을 키우는 장미

5월의 꽃의 언어
독과 향을 품고 있다

가시에 찔린 투명한 바람의 상처만
꽃 피울 이유로 아픈 채 떠돌다가
향 나누며 치유의 신비 열어, 마침내
하늘길로 오르는 꽃의 언어, 시의 꽃

## 정 해 란

# 여름 소리의 빛깔

퉁퉁 불었던 장마가 끝나니
한여름을 꽉 베어 문 소리

아파트 단지 안 나무와 풀 사이
숲속 같은 청량한 소리
남은 이슬방울 무게까지 털면서
우후죽순의 마디도 열려나 보다

뒤집힌 이파리 세워주는 풀벌레 소리
열린 빛의 번식을 꿈꾸는 매미 소리
도시 소음 가볍게 튕겨버리는
이름 모를 새소리들의 빛깔까지

절대 고음의 자기장 넓혀
오선 밖으로 맘껏 목청 높여 자라난다
쉼 없이 기어오르는 폭염의 등짝 후려쳐
반경 밖으로 밀어내는 여름의 절창

그린과 코발트블루 경계를 오가면서
숲속과 바다를 자맥질하는 소리의 빛깔
여름과 가을 사이를 몇 번인가 오가며
어떤 소리의 빛깔 불러올까

윤소당 이미옥

# 갈색 잎새에 맺힌 그리움

곱게 차려입고 어디를 가시옵니까
바람불어 길을 잃으셨습니까
어머니의 향기가 긴 여운을 남깁니다

마른 손 애닲다 뭉게구름이 살포시 감싸고
깊게 골진 갈색빛 까칠한 낯빛은
희로애락을 안은 위대한 훈장이다

주렁주렁 여섯 열매 영글어 놓고
오뉴월 비바황람에도 놀란 가슴 내려앉고
시커멓게 타들어 가는 심장은
오직 그분만이 아는 아픔이다

물기 마른 낙엽 되어 길가에 뒹굴어도
지지 않은 달이 되어 여섯 열매 앞길 밝히고
잎새에 그리움 하나 아름다운 임
주님 앞에 두 손 모아 기도하는 임

## 프로필

(사)한국문인협회 서울지회 이사 및 서울중구지부장
서울중구문인협회 회장  대륙문인협회부이사장
한국가곡작사가협회 문화탐방이사

## 윤소당 이미옥

## 상사화

동창이 창문에 입맞춤할 때
그대 품속에서 눈을 뜨고
그대 높은 눈을 바라볼 수 있다면

꿈을 꾸지요
붉게 젖은 산허리에 긴 목을 걸치고
그리움에 목마른 사슴이 되어
부질없는 연정임을 알면서도
갈망하는 건
잡을 수 없는 먼 곳에 그대 있으니
어차피 그리움뿐인데

사랑의 갈증이 심장을 후려 파고
핑크빛 가슴에 파란 서슬 박히니
몸부림치다 주저앉아
안개 속으로 빠져들고

그대 향한 그리움
아, 영혼은
눈물로 아프게 젖어온다

# 아침이다 일어나요

창가에 해님이 달려와 속삭입니다
봄바람도 달려와 볼을 만집니다

아침이다. 일어나요
포근한 엄마의 목소리

아가는 눈이 부셔
눈을 뜰 수가 없습니다
바람아 창문을 닫아줘요

코끼리 인형에 얼굴을 숨기고
어느새 꿈속 여행길로 갑니다

아가야, 아가야
엄마의 목소리가
또
들려옵니다

## 위층의 표현 방식

본성이 좀체 변하지 않는 아파트에 살면
귀 닿는 부처가 있다 늦은 밤 위층 꼬마 잠
뿌리치고 뜀박질하는지 멀쩡한 천장 위 제
트기가 지나간다 넋두리 염불 읊고 참선에
드는데 다시 쿵쿵거리는
어른 발망치 소리 눈앞에 별이 반짝인다
퇴근해서 왔나 보다 종일 바깥에서 긴장하
다가 늘어진 꽃대를 세우는 중이겠지 자비
로운 경지로 염불 수행한다 가까워도 뛰어
오를 수 없는 위층에서
불당으로 보내는 죽비 소리 발끈하는 순간
우주의 미아가 될까 여간해서 화내지 않는
1004호 어르신
콘크리트 박스 속에서 등신불을 꿈꾸는지
한량없는 숨결이 가늘게 떨린다

### 프로필

모던포엠 작가회, 한국시인협회, 서초문인협회 정회원,
시향낭 동인시집 〈우리 손 흔들어 볼까요〉, 〈광화문아리아〉,
외 동인지 다수

## 울음의자

울음이 긴 아이가 수시로 찾아와요
생각의 기울기를 가다듬어보려고 발버둥 쳤어요
울음이 뚝 그쳤어요

고무공의 재질인 그는 구르는 속성으로 균형 잡힌 자세를 취
하기 버거웠을 텐데 바람을 조금 빼고 공 위에 누워 보아요

거꾸로 보는 세상 아래위 뒤섞이다가 번뜩이는
이 모든 불균형이 균형으로 맞춰집니다

완벽하지 않은 의자라서 작은 일에도 흔들릴 수 있다는 것
오히려 다행일까요
바람과 침입자의 농간으로 흔들리는 것입니다

휘청거림으로 잠시나마 균형을 잡으려고 애쓴 당신의 시간
되돌릴 수 없는 기억이 여기 앉아 있어요

이 둘 임

# 달꽃 피는 역

남대천을 가로질러
내 고향 달꽃 피는 역으로 달려갑니다

철길도 없고 침목도 없는 역전
이제는 화려한 조명들만 무성하게 피어납니다

보헤미안처럼
셀 수 없는 간이역을 지나왔지만
달꽃 피는 역에서 나는 길을 잃고 맙니다

늑골은 시려오고 먼 곳에서 오는 기적 소리
유년의 귀를 울립니다

피안으로 떠나신 부모님이 달꽃이었을까요
차표로 받아든 달빛만
녹슨 철길을 뒤덮고 있습니다

### 이 효

## 고향에 핀 도라지꽃

밥상에 오른 도라지나물
고향 생각난다
할머니 장독대 도라지꽃

어린 손녀 잔기침 소리
배를 품은 도라지 속살
달빛으로 달여주셨지

세월이 흘러
삐걱거리는 구두를 신은 하루
생각나는 고향의 보랏빛 꿈

풍선처럼 부푼 봉오리
두 손가락으로 지그시 누르면
펑하고 터졌지

멀리서 들리는 할머니 목소리
애야, 꽃봉오리 누르지 마라
누군가 아프다

아침 밥상에 오른 도라지나물
고향 생각하면 쌉쏘름하다

이 효

# 마른 꽃을 사랑하는 사람

사랑하는 사람과 함께 죽음의
문턱까지 가본 적 있는가
사랑이 가장 낮은음에 이르면
비로소 마음속 깊은 울음 벗는다

오늘도 우물가에서 서성인다
눈물로 퍼 올려 살려낸 보랏빛 꽃잎들
청춘은 눈부신 질문을 잃어버린다

마른 꽃을 끝까지 사랑한다는 것은
삶과 죽음의 문턱을 함께 넘는 것

이　효

# 벚꽃

봄의 폭설을 보아라

아름답다는 말을 차마 뱉지 못하고
내 입술이 벌어져 꽃이 되었다

그냥 울어 버릴까
하얗게 뿌려놓은 웃음인지 울음인지

꿈속을 거닐 듯
내 앞에 펼쳐진 그리움의 연서를
소리 없이 읽는다

바람에 꽃잎 하나 날아와
내 입술에 짧은 키스 남기고 떠나면
시간은 영원한 봄날이 된다

하얀 포말로 밀려오는 숨이여

마지막 입맞춤에 독이 있다 하여도
나 그대와 함께 와르르 무너지리

울타리 없는 봄날에

## 제2회 서울시민문학상

### 이 현 경

# 길 잃은 봉선화

여름을 쏟아내는 정원에
마당을 물들일  듯 분주한 봉선화

추억 한주먹 쥐고 공기에 날리면
손에 물들여주던 숨결이
먼 바람에 묻어와 손톱에서 피어난다

온기는 아직도 나를 감싸는데
어머니는 보이지 않고
낯선 벌들이 웅웅거리며 날아와
제 발톱에 꽃물을 들이고 있다

밤하늘 깊이처럼 보고 싶은 날
별빛 떠있는 허공을 보며 불러도 대답이 없다

어머니와 함께했던 봉선화
어둠을 채색한 붉은 잎잎을 마음에 담고
나는 누굴 찾아 이 밤을 꽃밭에서 흔들리나

길 잃은 눈물만 마당에 심는다

**프로필**

2019,2023,// 서울시 지하철 공모전 당선
제 25회 우암문학상 공모전 수상
제 79회 한국 인터넷 문학상 공모전 수상
제 20회 탐미문학상 최우수 수상

## 안개의 구간

가슴속에는
안개의 마을로 가야 할 설렘이 가득하다

과묵한 운무의 입자는
지상의 표정을 가리기 위해
신이 심어놓은 물의 씨앗들

색의 경계를 지우며
자욱이 밀려오는 안갯속에서
가슴으로 오고 있는 한 사람의 기억을 재생한다

촉촉한 알갱이에 영혼을 적시며
형체 없는 마을에서 설레는 기적을 찾는다

태양은 안개에 젖어 비틀거리고
하얀 미로 속을 아무리 헤매어도
찾는 사람은 보이지 않아

안개를 동공에 흠뻑 묻히고
설핏 떠다니는 그 사람의 체취를 탁본한다

# 투명한 풍경이 깨졌다

갈증이 새벽 입술을 부릅니다

정수기에서 컵의 빈 공간으로 떨어지는 물소리
화초들도 귀를 엽니다

입술이 닿으려는 순간, 컵이 바닥에서 깨졌습니다

투명이 깨진 유리잔 조각 사이에서
수직으로 튀어 오르는 물방울의 혼魂들

제 얼굴을 잃어버리고
낮은 높이에서 떨어진 질량이 뒤척입니다

내 눈물인 듯 고인 바닥에
새벽 고요에서 깨어난 거실도 놀란듯합니다

투명한 풍경을 깨트린 아침입니다

## 제1회 서울시민문학상

### 동화 김재원

# 빛바랜 장미

햇빛에 데인 바람도
온몸을 안아 보지만
힘없이 떨어지는 꽃잎을
위로하지 못했다

비라도 내려와 어깨를 툭 치면
뒤돌아볼까
애타는 마음으로
하늘을 올려보지만
바람도 나이 탓일까

저 멀리 떠도는
구름의 마음도
뜨거운 사랑의
열정이 없어진 지 오래
제각기 몸 사리다
하루가 저문다

## 프로필

한국문인협회 정회원
한국가곡작사가협회 이사
한국신문예 문학회 부회장

## 동화 김재원

# 바람의 여인

셋방살이 쪽 문 열면
연탄아궁이 있는 방 한 칸
아무것도 모르는 남매를
업고 안아 밤마다 뜬눈으로
지샌 여인

연탄 살 돈도 없고
추위에 떨어야 했고
행여나 임을 기다리는
작은 가슴은 싸릿문을
넘지 못했다

금방이라도 큰기침하고
나타날 짐승들이
소나무 뒤가 집이었을
야산은 동물들의 놀이터
화려함에 익숙한 사내는
언제나 집을 찾아올까

## 동화 김재원

# 가을 바다

한낮 햇빛은
따갑지만, 가을이라네
방금 샤워 마친 모래알
곱게 누워 잠을 자고

반짝이는 은빛 물결
저 지평선 넘어까지
출렁이는 임의 얼굴
그려보고 또 그린다

시침 떼고 누워있는 파도
입가에 소금 한입 훔친 듯
혓바닥 안은 갈증은
알수 없는 그대 마음

**한 현 희**

## 여백에 삶을 그리다

비로소 진실한 너를 보게 되었다
기하학 적으로 뻗어간 자태
우아함의 극치다.

그런 내면을 만들어 내느라
그 누구도 알아주지 않을
혹독한 세계를 다지고 그려가며
틈틈이 하얀 꽃피웠으리라.

화려한 겉모습도 아름답지만
그 속은 더 진실하구나.

장애물 걷어낸 그 넓은 여백에
생각의 선을 그어라
마음의 집을 지어라.

답답한 가슴 비운 광활한 대지에
너와 나 우리들의 파란 꿈을 캐고
표표히 피어날 희망을 줍는
하얀 여백에 음표 같은 생을 그려라

## 한 현 희

# 황사

흐리멍덩한 내 마음 같아
희뿌연하게 세상을 가리고
나의 폐부 깊숙이 곳곳에 스며들어
서서히 사그라들도록
조롱하는 당신과 같아

## 한 현 희

## 나의 아틀리에

내 눈물을 먹고
내 기쁨을 담아

산고의 진통에서
태어난 나의 세계

글로 쓰는 그림으로
온전히 그곳에 담기다

한 현 희

## 의지, 의식의 흐름 앞에

시간은 날 키워 성숙시켰다
여기며 기특하게 생각하겠지만
난 아직도 제자리인 거 같다

마음이 깊어져 모든 것을
이해하고 배려하는 줄 알았지만
난 아직도 약하고 여린 마음이다

세상이 실망과 아픔을 이불처럼 덮어도
어른이 된 것처럼 행동하지만
난 아직도 부족한 어린아이 같다

그럼에도 포기하지 않은 내가 있어
희망과 용기로 방황하는 두 발을 들어 올려
앞으로 나아가길 바란다

다시는 그런 텅 빈 눈빛과
허약한 육체와 공허한 마음의
쓰디쓴 눈물을 보고 싶지 않다

짧은 글짓기 금상

## 전 경 자

# 만학의 꿈

괜찮아 할 수 있어
못다 이룬 꿈을 향해
세상에 내딛는 걸음
황혼에 밤은
책과 씨름 중이다

## 프로필

제 1시집 / 꿈꾸는 DNA
제 2시집 / 황혼에 키우는 꿈
대한문인협회 / 한국문학 올해의 작품상
대한문인협회 / 짧은시 짓기 공모전 금상
한국문학예술진흥원 / 코로나 19 극복
공모전 / 최우수 수상

## 전 경 자

# 베이비부머

세상을 배우고 살아도
잘 몰라서 그런지 힘들다고
투정을 부리고 살아온 삶

베이비부머
슬퍼도 아파도 웃으면서 강한 척
살아온 삶이 거짓이었나

혼자 덩그러니 않아
빈 노트에 쓰는 비망록

고독한 삶의 의미를
이젠 놓을까
묻지 않으려다

제2회 서울시민문학상

## 전 경 자

# 고독한 인생

바쁜 세간살이에
변해가는 건 나뿐인가
그 가치와 가치를 어디에 둘까

아름다운 거래는 머나먼
미래에 남겨둘 유산이기에

고독한 삶의 완성을 똑딱거리는
시간이 말해줄까

희망가를 즐겨야 하는
21세기 쉬지않고 그대와 나의 가슴에
불을 지펴 놓고 있네요

제2회 서울시민문학상

## 공 영 란

# 내 속에서 국화로 피어나세요

옥빛 바다같이 투명하고 화창한 늦가을
조금 쌀쌀한 바람 불어 쓸쓸함 더해질 때
무지개보다 아름다운 단풍 흩날리던 날
당신 국화꽃 송이들 똑 꺾어 말리시더니
향기 두고 고운 미소만 갖고 가셨더군요

발자국마다 눈물 떨구며 모아 담은 향기
바람으로 날리려다 하늘빛 받아 말렸어요
오늘같이 그리움 겨울비로 창문 흔들 때면
예쁜 잔에 몇 송이 띄워 피기 전 마실 테니
내 속에서 향기 고운 국화로 피어나세요

### 프로필

*커피하길 대표, 연간문학지 커피하길 창간인
*제3회 김해일보신춘문예 대상
*남명문학 시 우수상
*수원시 인문학글판 창작글 우수상
*경기문학인협회, 경기산림문학회 사무국장
*한국문인협회 정회원
*뉴스N제주 자문위원

공 영 란

# 커피콩 심으면

햇볕에 그을렸을 거야 까만 커피콩 한 알
어떤 화분에 심으면 엄마 닮은 꽃이 필까

영양 듬뿍 커피 지스러기에 심으면 될까
박꽃 같던 피부색 마사토 섞으면 되겠지

날마다 들려주던 다정한 속삭임의 말씀과
왈츠같이 우아하게 부르던 찬양의 향기로
품속 아기 보듬고 토닥인 손길처럼 키우면

커피나무에 박꽃보다 곱던 엄마별 쏟아져
아름 핀 하얀 별꽃 가득 그리운 엄마 내음

## 공 영 란

# 겨울 이야기

산촌 내 할머니 방은 언제나 맛있게 따뜻했다
무서리 내리고 산비둘기 바람에 날아가도
외롭지 않은 이야기가 방안을 차지하면
이슬보다 더 영롱한 초롱 같은 눈망울 굴리며
알을 품어 꼼짝 않고 앉은 암탉의 온기
그 따스함보다 더 맛있는 이야기가 익어갔다

한참 맛있게 익어 꼴깍 숨넘어갈 때쯤이면
눈알 튀어나올라 알밤은 요래 칼집 내야지
금방 붉은 숯덩이 안되려면 뒤집기 잘하고
가쁜 숨 내쉬느라 화로는 벌겋게 달아오른다

다정한 오누이 올라갔다는 하늘 한번 보려도
문밖에 호랑이 버티고 있을까 봐 미루고 미루면
손가락 물어버린 문풍지 겨울밤을 망보고
하하 호호 알밤고구마 게눈감추듯 사라지면
백설의 밤 꿈속은 또 다른 이야기 익어간다

공 영 란

# 등댓불 깨어나면 그 섬에도
# 파도가 일렁일까

붉게 하늘 물들이며 웃던 노을도 기울어 잠든 밤
비바람에 이끌린 촉수로 물보라를 깨우는 바다의
욕심 많고 음흉한 웃음 말아 틀고 혀를 날름거리는
요사한 파도가 신의 잔으로 몇 순배 돈 후 취기로
손아귀에 쥐고 흔들며 볼기 후려치듯 그악스럽지만
주저앉은 단단한 바위들은 저항 없이 고요하다

악착같았던 젊음이 바위마다 서려 있었건만 이젠
덕지덕지 석화 껍질 달라붙은 덥수룩한 물이끼 껴입고
말없이 눌러앉아 기꺼워하며 지난 세월만 더듬다
파도가 흔드는 솟구치는 물보라에 숨겨진 욕망을
하나둘 내어주고 허공을 나는 갈매기 울음소리와
뱃고동 등댓불 찬란한 빛으로 전하는 그리운 사랑

무너질 인연의 끝을 돌아서게 하던 애원으로
길 막아섰던 가물거림 허공을 가르던 그 얼굴엔
아직도 지난 세월 숨겨진 욕망이 꿈틀거린다
모든 사물 발라먹은 어둠이 등댓불에 깨어나면
바위마다 향수에 젖게 하던 바다의 도리깨질
수평선 넘어 그 섬에도 저 파도가 일렁일까

## 정 연 석

# 아름다운 오월이 오면

오월이 오면
산과 들은 신록의 수채화
향긋한 풀 내음
청춘 같은 푸르름이 좋다

청보리밭 길을 걸으면
옛 추억이 생각나고
시냇물 재잘대는 냇가에서
근심을 버리고 마음을 비운다

붉은 장미는
청춘의 마음을 빼앗고
짙은 라일락 향기는
잠자던 사랑을 흔들어 깨운다

시원한 바람과 파란 하늘
꿈과 희망과 사랑이 춤추는
아름다운 오월 참 좋다.

### 프로필

연세대학교 공학대학원 공학석사
대한문인협회 시인 등단
대한문인협회 베스트셀러상 등 수상
대한문인협회 저작권옹호위원장
(시집) 아침에 시를 만나는 행복

## 2024 신춘문학상 동상

### 정 연 석

# 모란시장 봄소식

추운 겨울이 길어지면
봄을 기다리는 할머니는
마음이 조급해지시고

산비탈 풀섶을 헤치고
묵정밭 밭고랑에 앉아
꿈과 희망의 봄을
바구니에 수북이 담으신다

오일장 열리는 모란시장
빛바랜 신문지 좌판에는
달래, 냉이, 씀바귀 몸매 자랑

바쁜 걸음 멈춘 주부들
봄나물은 어느새 동이 나고
봄을 나누는 손길이 정겹다

서리가 내려앉은 흰머리
주름진 얼굴, 굽은 허리에는
세월의 흔적이 애처로운데

집으로 향하는 할머니는
따스한 봄볕을 품에 안고
빈 바구니에 봄을 담아가신다

## 정 연 석

# 도전은 기회다

지나간 세월이 힘들어
미래를 두려워한다면
무슨 희망으로 맞설까

과거의 실패에 발목 잡혀
도전할 의욕조차 없다면
수렁은 점점 깊어지고

삶이 힘들고 어려울수록
과거의 경험을 거울삼아
지혜롭게 헤쳐갈 때면
행복은 저절로  찾아오는 것

새로운 도전은 기회이고
성공은 삶의 가치로 자라는데
머뭇거릴 이유가 있을까

두려움으로 자신감이 없어
또다시 실패를 만난다해도
도전할 수 있음에 감사하며
소중한 기회에 열정을 담자

## 휴가

찌는 듯한 열대야로 익어버린
도시의 빌딩 사이 열 받은 자동차
열기를 뒤로하고 질주를 해요
산과 들 나무와 풀잎들 지치지 않은
매미 소리 우렁차고 새들의 합창
싱그러운 숲이 참 좋아요
젊은이여 그대는 어디로 가나요
갈매기 우는 소리 파도의 멜로디
수영도 서핑도 즐기는 바닷가
하얀 모래밭으로 여행을 떠났나요

휴식과 함께 여유로운 미래를
설계하고 쉬어가는 휴가는 알찬
미래를 꿈꾸게 해요
노인이여 당신은 어디로 가시나요
멜로디 되어 흐르는 계곡물에
발 담그고 산들바람에 숨 쉬며
황혼을 꿈꾸고 있나요
꿈을 위해 쉬어가는 휴가는
또다시 살아갈 힘이 되지요

김 종 각

# 봄이면 동심으로 가고 싶은 마음

영산홍꽃 물들어
새색시 시집을 가는지
새들은 노래하고 뜨락의 정원마다
화르르 생명은 피어난다

한낮에 소리 내어 외치면 아지랑이
춤추는 메아리는 화음이 되고
희망의 노래가 되어 언저리에 울려 퍼진다

새 봄이 찾아오면 싱그러운 햇살
비추는 설레는 마음은 초원을 말없이
걸으며 동심으로 돌아가고 싶구나

회색빛 거리는 연둣빛 물들이고
푸르름을 감출 수 없는 이 마음은
시인의 감성처럼 내 마음 설레게 한다

윤 용 운

# 반주

반주가 있어야
음악이 되고 귀가 즐겁다

밥을 먹으면서
반주를 곁들여야
즐거운 식사다

내 삶에도
반주를 곁들여야 하겠다

여행도 다니고
가끔 옛 친구도 만나
지난 추억도 살리고

멋진 커피잔에 커피를
마시며 그대 향기를
맡을 수 있는 여유

몸도 마음도 행복하게
반주를 곁들어야겠다

### 프로필

대한문인협회신인문학상
열린동해문학작가문학상  금상
얼린동해문학장원백일장   은상
　　대한문인협회 강원지회장(현)
열린동해문학정회원(현)
토지문화관직원(전)

# 봄비

오늘따라 소리 없이 비가 내린다
오늘 이 비는 어떻 의미일까
농부의 눈물일까
아니면 먼저 떠난
누나의 눈물일까

나를 가두는 독백의 시간
창문 밖을 바라보며
멍하게 서있는데

구슬프게 구슬프게
소리 없이 내리는 비가
밤으로 깊어간다

어둠을 따라가는 빗줄기가
마른 대지를 적신다
쓸쓸한 가슴을 적신다

하염없이 내리는 이 빗줄기
정처 없이 쫓아 가면
누나를 만날 수 있을까

윤 용 운

## 씨앗

작은 씨 안에 내 마음을
꼭꼭 숨겨 놓았지

아주 작은 씨앗이라도
너를 만나 싹을 틔우면
푸른 잎이 저 하늘을 무성하게 덮지

작은 씨앗은 웃음꽃으로 피고
알토란 같은 행복이 주렁주렁 열리면
지구별이 되고 우주가 되지

내 가슴에 숨긴 작은 씨앗은
바람도 희망도 땀방울도
내 생각도 함께 들어 있지

온 우주를 담아 놓은 씨앗은
아주 작아 보여도
네 마음씨 처럼 내겐 아주 큰 세상이지

## 황 다 연

# 때로는 아픔마저 사랑이었다

첩첩 산을 마주 보며
평생 가야 할 길이
어찌 평탄하기만 할까
때론 여우비 소낙비도 만나겠지
희망의 숲을 보고 가는 동안
잎도 보고 꽃도 보고
갈 길 막아서는 거미줄도 걷어가며
흩어지는 마음 또한
올곧게 세워야 한다기에
마음의 동요 다독이며 잠재웠더니
어느 사이 육 부 능선을 넘었더라
또다시 가는 길에
흔들어대는 바람도 친구 삼아
이정표를 따라가다 보면
또 한 고개 험준한 산 넘지 않을까
중천에 뜬 해가
서산으로 향하여 노을 진다 해도
사랑이란 강한 힘이 버팀목 되어주니
태산같이 높은 준령도 두렵지가 않다
때로는 아픔마저 사랑이었다
인생길은 막을 수 없는 숙명의 길

나는 쉼 없이 걷고 또 걸어간다

## 황 다 연

# 꽃가람에 갔던 날

매지구름 밀어내고
쏟아지는 작달비
슈룹 없이 나왔으니
비그이 하기 전 이미 젖는다

종잡을 수 없는 장맛비에
갈맷빛은 더 하고
그 곁에 유난히 빛나는 나리꽃

꽃가람 둔치 옆에
칡넝쿨 끌어안은 능소화는
애태우던 꼬꼬지 사랑
까맣게 잊었을까

희뿌연 마루 열리듯 닫히듯
소낙비 한줄기 다녀간 뒤
스쳐 가는 간들바람
풀잎 위에 비이슬 털어 준다

훤히 밝아오는 하늘 아래
앞다투어 나서는 푸른빛 밀어내고
흠뻑 젖은 꽃잎 오히려 붉다

주석 :
매지구름~비를 머금은 거무칙칙한 구름
작달비~장대처럼 굵고 거세게 좍좍 내리는 비
슈룹~우산
비그이~비를 잠시 피해 그치기를 기다리는 일
갈맷빛~짙은 초록빛
꽃가람~꽃이 있는 강
둔치~물이 흐르는 곳의 가장자리
꼬꼬지~아주 오랜 옛날
마루~등성이를 이루는 산 따위의 꼭대기
간들바람~부드럽고 가볍게 살랑살랑 부는 바람
비이슬~비가

## 황 다 연

# 詩 꽃필 때

여름 다녀간 산책로에
가을빛 하늘이
내려앉아 노닐 때

사색의 문을 연 문구가
사각의 틀 안에 나란히 서서
오가는 길손 맞이한다

삶이 꽃으로 피고
바람이 구름이 묵언으로 말하는
글귀 앞에 멈춘 발걸음
공감을 얻어 냈을까

빙그레 웃으며
한참을 보고 또 보고
핸드폰 꺼내어 찰칵 한 컷

그리움을 담아간다.

## 신사임당 문학회 수상작

### 최 영 숙

## 살아진 생명의 이유

이른 아침
햇살을 따라 들길을 걷는다
봄비에 기대어 마른 들에 심어진
씨앗들이 살길이 막막하다

눈을 슬며시 들어
하늘을 애타게 바라본다
그 애절함이 통한 듯
어느새 구름이 무겁게 눌리더니
눈가에 눈물처럼 맺힌다

다음날 그 길을 따라나섰더니
심어진 그 자리에
푸성귀들이 먼저 떡잎을 내밀려고
아우성이다

어제의 그 봄비는
살아진 생명의 이유 일 것이다

### 프로필

필명: 보감
서초문인협회 회원, 시문회 회원.
대한문인협회 회원. 신사임당 예능대회 수상
문학 수(秀) 제1집 동인지 편집위원장 역임
심리상담사, 자기성향분석상담치유사

## 최 영 숙

# 구담봉 애사

벚꽃의 기운이 호수를 가르니
어느덧 구담봉이 저기에

누구 님의 조화인지 기이함은
어찌할 줄 모르는데
하늘을 가리는 저 먹구름
어찌 그리 얄미울까

그래도 호수 물빛은 가리지 못했는지
그 심술 어쩌지 못하네

봉우리를 비추는
언뜻 보이는 무덤 하나

애절히 사랑하다 그가 사랑하는
구담봉에 묻혔으니
500년의 사랑은 잊혀지지 않았구나

눈가에 맺히는 이 이슬
그녀의 못다 한 이별의 눈물인가

## 2019 서울 지하철 시 공모전 & 네팔 시화전 UN NGO 문학대상]

### 은재 장지연

## 우야꼬

숨겨둔 마음
눈으로 새어 나오고
반가운 마음
미소로 새어 나오고


절절한 마음
심장 안에 감추었더니
두 볼에 살짝
홍조로 물들어 나오고


### 프로필

시인, 수필가, 동화 작가
활동: 아태문학총예술인연합회 , 인사동시인들 회원 외
수상 : 대한문인협회 신인문학상, 샘터문학 산문시 대상,
시사랑문학회 문학예술 한국인터넷문학상,
네팔 시화전 UN NGO 문학 대상, 윤동주별문학상
저서: 개인 저서  시집 〈새벽 두 시〉,
전자책 동화: 〈인공지능 AI, 나나〉 〈거북이랑 토끼랑〉
동인지 〈 짧은 글 긴 호흡〉, 외 문학사  동인지 다수
동화 공저 〈 청개구리는 울보 너튜브〉 외

은재 장지연

# 나는 타인이다

소파에 등을 묻고 한 손엔 스마트폰
쉼 없이 영상을 더듬는 눈
감동 스토리를 연이어 보아도 안구는 건조하다
홀로 쫓기는 시간을 탓하며
침묵하는 너는 내가 아니다

나였던 적이 있었는가
세뇌당한 판단은 미디어의 노예가 되었고
단짠에 길들여진 미각은
배달의 민족 후예가 되어 가고
흘려 쓰던 악필은 함초롱 바탕체가 되었다

나는 내가 아니고 너도 내가 아니다
타인의 타인이 내 거죽을 쓰고
나를 몰아내고 주인이 된 지 오래
이 시간쯤에서 그만
생텍쥐페리의 별에 홀로 핀 장미를 보러 가야겠다

## 은재 장지연

# 알리움처럼

잎은 녹아내리고
민머리만 덩그러니 말라서
죽었느냐 물어도
살아있느냐 물어도
침묵으로 근육을 키우며
긴 시간 색을 감추고 있는 그대여

체념의 임계점에서 살아나
실뿌리 하얗게 내리면 꽃대롱 올려
노란 연민의 수선화로
보라향 짙은 히아신스로
잎 마디마다 붉은 글라디올러스로 나오기는 할 테냐

말의 뿌리도 언어의 싹도
말라붙은 민가슴을 박박 긁으며
때를 기다렸다가 널 부르면
한 줄의 시꽃으로 몽글대려나
슬프지만 아름다운 알리움처럼

## 남 원 자

### 이밥꽃

팝콘이 팡팡 터지던 날
보릿고개 힘들게 넘던
부모님과 동생들 함께 지낸
어린 시절 생각이 난다
기름기 자르르 흐르는 하얀 이밥을
동생들 몰래 고봉으로 꾹꾹 담아 주시며
배고프지 많이 먹고 힘내라
어머니는 이밥을 먹고 싶어도
자식들 생각에 배고프다고 말씀도 못 하시
고 뱃속에서는 꼬르륵꼬르륵
소리 요란했다

그 고향길 언덕에도
쌀밥 꽃 하얗게 피었을까
고생만 하신 어머니께 이밥 수북이 담아
고봉밥 한 그릇 차려 드리고 싶다.

## 남 원 자

## 꽃 피는 삼월

동쪽에서 뜨는 해
서쪽으로 기울듯이
세상이 어수선해도
자연의 순리대로 찾아온다

매서운 바람의 겨울도
따뜻한 봄 햇살에 쫓겨가고
산에는 연분홍 진달래꽃이 피고
들에는 민들레꽃 어여쁘게 피었다

새싹이 굳은 땅을 솟아오르듯이
내 가슴속에 심어놓은 꿈 하나
새파랗게 피어오른다.

## 남 원 자

# 벚나무 인생

넓고 푸른 초원
드넓은 호수
아름다운 경관과 벗삼아
이야기할 수 있는 오늘이 좋다

봄에 잉태되었던 벚나무
하늬바람 꽃바람 불어
비바람에 함께 사라진 꽃
아쉬워서 꽃 눈물 흘렸다

오늘이 아니면 볼 수 없는
연두색으로 물들인 나무들
꽃진 자리에 화려하게
비 오는 날 수채화를 그렸다

바람에 흔들리고 비에 젖어
시원한 그늘이 되고
가을에 열매를 맺듯이
내 생애 이름 석 자
남기고 떠나고 싶다.

신춘문학 동상

## 남 원 자

# 일어나다

꽁꽁 얼어붙은
얼음을 깨고 나오는 연둣빛 잎새
긴 겨울잠에서 깨어나
희망의 메시지 가지고 일어난다

겨울잠에서 깨어난
밍크 옷 입고 온 버들강아지
살랑살랑 나비 춤추며
그녀가 왔다고 좋아한다

조용한 강가에
졸졸 흐르는 물소리에
오리 떼들이 일어나 종종걸음으로
어디로 가는지 바삐 간다.

앙상한 가지에
뾰족뾰족한 어린 잎새 고개를 내밀고
한 잎 두 잎 포개고 또 포개
빨갛게 피어오른다.

권 삼 현

## 들개는 울지 않는다

칠흑 같은 새벽
들개는 본능적으로 야생으로 향한다
눈보라 치고 싸늘한 냉기가 온몸을 감싸도
야생으로 향한 발길을 돌리지 않는다
아니 돌릴 수 없다
북극 냉기가 반도에까지 미친
야생의 체감온도 영하 26.5 도
바람마저 매섭게 휘몰아친다
손끝 발끝은 아리어 오고
불어낸 입김으로 눈앞은 흐릿해진다
이동 집 안의 인간들은
제 갈 길만 물어 가고
뭔가 성에 안 차는지
성깔마저 부린다
이렇게
야생은 언제나 거칠고 황량해도
들개는 울지 않는다

## 권 삼 현

# 길

원시의 대지
너의 이름은 처녀지였건만
인간의 첫 발걸음에 너는
그 성을 잃었다

인간의
두 번째 세 번째 발걸음에
너의 아픔은 더해가고
생채기가 아물기도 전

너는 다시는
생명을 잉태하기 힘든
불모지가 되어가며
넓어지고 길어졌다

너의 그 아픔은 모른 채
인간은 길어진 너를
길이라 부르며
밟고 또 밟으며 지나갔다

그 아픔 참아가며
그 슬픔 견뎌내며
세월과 함께
너의 상처는 그렇게
아물어 가고
너의 상처 너의 아픔 알 리 없는
매정한 인간은
오늘도 그렇게 발길을 멈추지 않건만

길
너는
대지의 기운으로
그렇게 용서하며
인간을 품는구나

자비롭다.

**권 삼 현**

## 찔레꽃 피는 밤

나무지게 지고 가는 돌이는
스쳐 가는 소리처럼
"나중에 거기서 봐"
나물 소쿠리 옆구리에 끼고 가던 순이는
못 들은 척 안 그런 척 "응"

하얀 달밤 하얀 찔레꽃동산에선
향긋한 풀내 나는 찔레순 까서 이쪽에서
돌이 한 번 저쪽에선 순이 한 번
조금씩 베어 물어 오다 입술까지
쏘옥~
무논의 개구리는 인기척에는 울음 멈추며
망을 봐주고
입술의 달콤함에 깊은 포옹까지
찔레꽃 향기가 진동하는 오월의 하얀 밤
하얀 달님의 시샘은 아랑곳없이
돌이와 순이
두 청춘 남녀의 사랑은 농해져 간다.


*부제: 옛날식 사랑

## 월영 이순옥

# 개기일식

우리에게 허락된 시간은 짧기만 하네
죽음의 그림자는 짙기만 하여
나 그대에게 나를 주려 하네
나 그대를 가지려 하네

서로의 몸에 서로를 각인하는 그
시간은 고작
반 각의 짧은 시간이지만
생의 전부를 담고 있는 절절한 열정.

한사코 운명을 피하려 하나
그 모든 몸짓이 다 정해진바
숙명으로 한 걸음 한 걸음
걸어 들어가는 것이었음을

손끝에도 음률이 흐르는
생의 끝자락
끝내 지울 수 없는 서운함
많은 날의 기다림을 문신처럼 새겨넣네


*일각 15분
개기일식 지속시간 최대 8분
실제 관측시간 2~3분

## 월영 이순옥

# 상월가想月歌

한월寒月이 내린 붉은 실에 얽혀
억겁의 인연 또 여기에 닿아
내딛는 걸음마다 서린 한
달그림자에 드리워지면
시간을 넘어 흐르는 운명의 역류

허락되지 않은
가장 높은 곳을 장식하는 꽃
기나긴 밤
푸른 이슬 된 원망과 슬픔의 향기
그림자는 하나뿐이라 더 서럽다

추억은 치열한 은유
님 그리는 사랑의 고독한 연소
피 토하며 지평선에 걸린 심장
빛 그림자, 그 심장에
염원 있으랴

흘러가는 과거사
그저 그 길에서 잠시
서로를 스치는 교차점에 서 있었던 것
언약은 밝아오는 새벽녘 스러지는 달빛인가
시린 달 아래 켜켜이 쌓이는 인연

제 1회 샘문한용운문학상 계관부문

## 월영 이순옥

# 심연에 색이 있다면

마음의 숲에 별똥별이 쿵 떨어졌다 생각의 물결에 실려
아주 멀리 떠내려갔다

네모이면서 세모의 도형은 없지만, 세월이 아무리 흘러
도 없어지지 않을 몽글몽글 피어오르다 맺힌 감정
속절없이 흘러내린다

누군가 시간을 잘게 쪼개어 놓은 듯 느리게 흘러갔다
말과 글의 간극은 감정으로 채워졌다
내딛는 걸음마다 격렬한 감정이 밟혔다

쌓아놓은 감정의 씨앗들을
훌훌 바람에 날려 버렸어야 했는데 쓸쓸한 기분이 찰랑
찰랑 차오르던 즈음 애절함이 묻어나는 가슴 안의 심장
을 건드리는 유혹

그 미소가 뭐라고,
그 끄덕임이 뭐라고
그 순간,
강렬한 빛으로 하나의 질문이 완성된다

## 정 형 근

# 순암의 가르침을 읊다

청정백사(淸淨百司) 순암(順菴)의 사상이
영장산(靈長山) 계곡을 타고 솟아오른다
구름을 뚫고 내려온 파란 이름표
새롭게 단장한 서원 이택재(麗澤齋)

세월을 삼킨 학문적 사상이
느티나무 뿌리를 타고 텃골에 꼭짓점 찍어
붉은 심장 위에 기둥을 세우고
처마 밑 빛나는 곳에 역사 꽃피운다

어머님 품속으로 빚은 시냇물
졸졸 흐르는 물소리 운율에 맞춰
재잘대는 학동(學童)의 배움터

**프로필**

2018년 9월
현대시선 시 부분 등단
대한문인협회,
인천지회 홍보국장
가온문인협회 이사

(저서)
그리움 하나 있었으면

강학을 펼치던 사숙당 툇마루
목마름을 축이던 맑은 물소리
역사를 전하는 또렷한 음성
텃골에 들려오는 글 사랑이었다.

온몸 태워 글로써 남았을 언어
동사강목(東史綱目)
후학 양성 위해 민들레 홀씨 되었던 순암
텃골 그리워 찾아오는 문인들
임의 가르침에 문향이 뜨겁다.

대한 문인협회 (2024) 시제 봄 신춘문학상

정 형 근

# 다시 봄을 쓰다

볕이 살얼음 쓰다듬는다
포근한 손길 멀리 아지랑이 새근거린다

잠긴 문 열고 나오는 봄
여명의 꽃 무리 환하다
뽀득 뽀드득 서릿발 밟으며 다가오는 불도저

겨울이 이별하는 지점 남에는 꽃이 피고
북에는 꽃샘을 부른다
동네방네 소식 전해주는 꿈이며 희망

꽃단지 높게 차오르는
긴 물살의 향기
견딜 수 없는 떨림의 순간
톡톡 터지는 웃음소리

아픔으로 그리운 계절
살며시 파고든 꽃바람
온통 한 줄기 노란빛이다.

국내 문학상 수상작 작품 모음집

## 정 형 근

# 파도 속의 그리움

겨울 끝자락 매서운 봄의 여신
추억의 파도는 임 찾아 출렁이고
비릿한 해풍 속에 흩어진 향이
어머님 품처럼 낯설지가 않습니다

드넓은 바닷가 작은 발자국 아름다운 사연을 간직한 채
옛 추억이 살며시 다녀갔을까
둘이 걸었던 우리들 사랑 이야기

핑크빛 사연을 끌어안은 채
밀려왔다 부서지는 슬픈 조각들
한동안 기다림이 발길을 돌렸을 테지
아니야 소리 내 울었을 거야

사랑이 떠나가는 길목에서 아픔까지도 사랑했던 두 사람
우린 그렇게 파도에 숙명처럼 말없이 왔다 떠나가는 빈손

어차피 인생이란 떠남이려니
밀려오는 가슴앓이 외로움이나
떠나가는 아쉬움이나 슬픔은 하나
오늘도 노을빛 그리움은
파도 한편에 기대어 기억을 더듬고 있습니다.

## 石英 박길동

# 뒷 동 산

태산준령만이 명산은 아니다
백년해로를 다 하시고 천수를 다 하신
부모님은 산이 되셨다

언제든 그리우면 찾아 오라고
살다가 살다가 고단하면 찾아 오라고
내가 사는 집 가까운 뒷동산이 되셨다

살아 생전 모습 그대로
부드러운 금잔디 깔아 놓으시고
넓다란 품 안으로 안아주시는
그 우주속에 살고있는 나

그곳은 늘 둥지를 감싸고 우뚝 솟아 있어
자손들의 건강과 안녕을 보살펴 주는
정겨운 우리들의 큰 산이다

## 石英 박길동

# 아버지의 그늘 –그리운 아버지를 연모 하면서 불러 봅니다

초목은 밝은 햇살 받아 튼실하게 자라지만
인간은 아버지의 그늘 아래에서 튼실하고 성숙하게 자란다

봄 가을 아버지의 그늘은 선선하면서도
포근하고 삼복더위 여름철엔  느티나무 그늘처럼 땀을 식혀주듯 시원하다
북풍한설 몰아치는 겨울에는 굼불을 뎁혀 구들방 아랫목처럼 따끈따끈한 그
늘을 만들어 주신다

어머니의 그늘은 늘 따뜻하고 포근한 그늘이라면 아버지의 그늘은 사시사철
처럼 그때그때 상황변화에 따라 온화하고 포근하거나 뜨겁고 차거울때도 있다
자녀가 잘 자랄 수 있도록 그때그때 알맞게 적절히 빛과 온도 습도를 조절하
여 그늘을 만들어 주신다

어머니 뱃속에서 태어나 유아기를 지나면서 부터 일생을 아버지의 그늘 아래서
어떻게 성장하느냐에 따라 인생의 행로가 정해지거나 지대한 영향을 받는다

아버지는 자녀들에게 사회에 공헌하고 국가에 동량이 될수 있는 큰 사람이 되
도록 그늘 제공에 최선을 다 하신다

우리 인간은 아버지가 생존해 게시건 천수를 다 하시고 이 세상에 안 계셔도 내
나이에 관계없이 죽는 그 날까지 아버지 그늘 밑에 실고 있음을 부인할 수 없다

아버지의 그늘은 언제까지나 늘 받고 싶고 그리우며 내 삶의 이정표다
오늘도 아버지 하고 큰 목소리로 부르며 이 일은 어떻게 처리하는 것이 좋을
까요? 여쭤보고 싶다  아- 그리운 아버지 우리 아버지! 큰 목소리로 불러 본다

아버지 사랑합니다.라고 우리 모두외처보자

## 인연가꾸기

인연의
텃 밭을 마련하고
가꾸어 본다

마음 밭에
제일 먼저 설레임이라는
씨앗을 심고

사랑의 태양이 되는
배려와 양보를 자양분 삼아
천천히 기다림이라는 물을 주면

마침내
환희의 텃 밭에
한송이 인연의 꽃이 피어난다

서울시민문학 신인문학상

## 대정 장종진

## 운명

한평생 굽은 허리
일복 타고난 너의 이름은
호미라고 불렀네

운명의 고리로 만난
호미와 그녀는 하늘도 땅도
힘들어하는 8월의 한낮에
콩밭의 잡초와 사투를 벌였지

허리를 펴고 싶어도
펼 수 없는 호미와
일 욕심에 허리를 구부린 그녀는
온종일 고랑과 이랑을 넘나들며
가난을 일구었네

여름날 저 콩밭의 이랑 끝에 선
그녀의 몸 베바지에 풀 물이 들면
하늘도 검붉은 노을빛으로 물들었지

대정 장종진

# 황혼의 그림자

정상을 등정하는 산악인처럼
트랙의 신발을 신고 있다

지구의 끝까지 달릴 것 같은
마라톤 선수처럼 달달거렸던 청춘
늘 억척같은 몸으로 등짝을 내밀어
숱한 사연을 업고 날랐지

일을 마치고 동네 어귀를 주름잡던
너의 우렁찬 목청은 개선장군 같았지
하지만 일생을 다 태운 지금은
금이 간 바퀴와 기름기 빠진
푸석한 손잡이에는 녹슨 주름이 잡혀있네

망각의 세월은 마른 생선처럼
수분기 없는 얼굴로
계절의 덧문에 걸려 있다
황혼은 빈 뜨락에 남아
쿨럭이는 헛기침을 쏟아내는
저 경운기 위에 흰 눈이 소복소복 내린다

## 대정 장종진

# 완행열차

평행선으로 곧게 뻗은 철길을 보라
오후 두 시의 완행열차가
훅하고 지나간 뒤 남은
저 평행한 기찻길을 보라

때로는 까만 밤을 실은
때로는 하얀 낮을 실은
또 때로는 세상의 꿈을 실은
열차를 온몸으로 받아들이는
저 평행한 완행선을 보라

달빛 맑게 내려앉은 간이역
두 손 마주 잡고
완행열차를 기다리는 연인 두 사람
사랑하는 만큼 미소가 아름다워
목적지를 향해 달리는 열차를
온몸으로 받아들이는 철길처럼

그 두 사람 행복한 내일을 향해
사랑의 긴 여행을 떠나려 한다

## 이 형 동

# 슬로 슬로 플레이팅 푸드(food)

단 몇 초간 아무 의미 없이
곁눈으로 바라본 시각의 경계를 지운다
맛있고 아름다움을 위해선 시작에서 마무리까지 어떻게
든 어디가 됐든 만들어내야만 한다
미지의 날을 담보로 시간이 다 가도록 딴생각을 하면서
요리를 하는 일은 굉장히 비 효율적이고 불확실에 대한
두려움 그 자체이다 불안은 잘 해내고 싶은 마음에서 시
작된다 믿음과 불신의 모서리에서 뜨겁고 서늘함이 한바
탕 뒤엉키며
육즙이 짓물러지도록 결핍으로 가득 찬 고기에 눈길을
빼앗기는 순간, 착각에 빠지거나 우울한 자부심에 사로
잡혀 위대한 미각을 잃을 수 있으니 매뉴얼대로 음식을
접시 위에 깔끔하고 맛깔스럽게 플레이팅 하는 것은 요
리사의 기본 덕목이다 하루하루 예고 없이 찾아오는 고
객들의 입맛을 사로잡는 일이야말로 여전히 과제로 남는
논술전형이다 요리사는 각자의 방식으로 생물을 으깨며
음식의 내력을 오독해야 언젠가 도래할 극한 상황에서
위기를 모면할 수 있다는 낯설기도 익숙하기도 한 양념
레시피의 문장을 숙지하여야 한다
강박관념에 사로잡혀 굳어진 어깨와 뜨거워진 등골로 생
각 너머의 요리에 집착하다 보면 관절이 꺾이고 온몸이
붉어진다는 요리사의 첫, 구절처럼 은밀하고 맛깔나게
요리를 한 다음 술을 불러도 늦지 않다 비로소 자유로워
진다

## 이 형 동

# 와인 그럴싸해

안데스 산맥 마이포 밸리
콘도르가 서쪽으로 날다가 뭔가를 발견한 거야 땡볕에 알알이 재단된 단
어들은 어딘가에 꼭 박히고 서로의 바깥에서 횡설수설 주고받던 말과 말
이 투명한 유리잔에 얼룩으로 번지는 밤
소주가 멸망한 자리 와인이 그 자리를 꿰찼다 늘 새로운 변화는 모순을 불
러오지
비에 젖은 머리칼 사람들 눈총이야
내 알 바 아니고 달달하게 포장된 당신의 한 시간을 빌려 환각에 빠져 볼
까요
분홍에서 하양으로 넘어가는 카베르네 소비뇽*그 깊고도 오묘한 맛을 음
미하다 보면 나도 모르게 혀끝에 신비의 경전이 달짝지근하게 새겨진다

쉽게 감정을 낭비하면 반드시 부작용이 따르는 법 움직일수록 숨 가쁜 숨
소리
한 눈금씩 체온이 오르고 바르르 떨리는 눈꺼풀 잘 발효된 환각에 빠져
호흡의 난간에서 날리는 비명의 한 점
큰, 쾌감을 맛보는 순간들이지
이 상황이 여전히 낯설지만
어쩌겠어 나도 모르게 몽롱한 시 선을 한 곳에 두고 카사블랑카를* 생각
하는 동안
불그스름한 바지 속 가랑이가 부풀어오른다
낭패다 스스럼없이 제 몸을 내어주는 카사블랑카에선 카베르네 소비뇽을
모른 척하다간 튕겨 나간 눈들도 나를 외면하겠지 밤은 깊어가는데

*와인 이름
*술집 이름

대한문인협회 시인상

## 김 늘 무

### 주전자

난로위에 있는
주전자 물이 펄펄  끓고 있다

나도 젊었을때
그 누구 보다 그 임을 향한
뜨거운 사랑이  있었다

모락 모락 피어 오르는
하얀 김이 그녀의 얼굴을
동그랗게 그린다

주전자에
그녀와 나의 이름이 끓고 있다

김 늘 무

## 텅빈 버스

안개처럼 먼지 자욱하고
낡은 텅빈 버스 달려온다
빈자리 가득하여 한가롭고
빛살이 내려앉아 빛나니
눈물이 머물 수 없다

저 멀리서 기다리는 사람들
그 남자 그 여자가 손을 흔들며 버스를 기다린다

강렬한 부딪침은 깊숙히 파고 들어
지울 수 없는 자국을 남겼고
끝낼 수 없는 운명은 버스 속으로
몸을 실는다

창가에서 바라보는 시선은
우리들의 자화상
덜거덕 소리에 흔들리는
마음은 비가 내리고
눈이 내리고 천둥이 친다

## 김 영 순

### 금강초롱 얼싸안고

금강산 깊은 골짜기가 고향인 너
백두대간을 유람하던 너
화악산 숲 그늘에서 만난다

어릴 적 헤어진 벗과 마주하듯
가슴은 설레고 낯 빛 또한 붉다 못해
보랏빛 연정으로 흐른다

첫날밤 불 밝히던 청사초롱
살포시 머금은 태극사랑
남과 북이 얼싸안고 반긴다

### 프로필

월간 《신문예》 시 · 수필 · 소설로 데뷔,
한국신문예문학회 사무국장. 국제펜한국본부, 공무원문학회,
한국문예작가회, 새한국문학회, 은평문인협회 회원 등,
대한적십자사 정년퇴직, 한국국학진흥원 자료조사원,
은평향토사학회 부회장, 제11회 에스프리문학상
수필부문 · 제8회 하이데거 문학상 ·
제1회 '월이 시' 노랫말 공모전 은상 수상

## 김 영 순

# 시인의 텃밭

봄나물이 향연을 펼치는 시인의 텃밭은 누가 먼저랄 것 없이 스스로 푸르르다. 이른 봄 설중매를 마중하는 동백새들이 아침을 깨우는 산뜻한 노랫소리에 마음도 한결 가볍다. 각양각색의 새싹이 돋아나는 그곳에는 봄 나비들의 춤사위를 엿볼 수도 있다. 새벽부터 바쁘게 오가는 새들 주인에게는 허락도 없이 동백 꽃잎에 수시로 드나들고, 이웃 친구들까지 불러들여 대가족이 쪼로롱, 쪼로롱 고운 노래로 답례한다. 이에 질세라 참새떼와 박새네, 까치와 멧비둘기들, 시도 때도 없이 제집 드나들듯 오간다. 먹을거리 풍족한 시인의 텃밭은 그들의 슈퍼마켓이자 놀이 공원이 된다. 먹을 것 많고, 쉴 곳, 놀 곳, 새 친구들을 만나는 새들의 사교장이 되기도 한다. 온갖 새와 새싹들의 노래로 온통 푸른 시인의 텃밭은 매화꽃, 벚꽃의 향기를 퍼트리며 벌과 나비들을 유혹하고, 겨우내 굶주린 배를 채우며 마음껏 꿀을 흠모한다.

사철나무를 가만히 들여다보니 노랑배허리노린재의 사랑을 몰래 엿보는 거미들의 눈빛을 피해 거미줄 사이 맺힌 이슬을 탐하다 그만 덜컥 덜미를 잡혀 최후를 맞는 하루살이와 꽃등에를 보며 이제는 '한 줌의 부끄러움 없이 바르게 살아야겠다는' 생각도 해본다. 한쪽 담장 아래 수풀 속에 조용하고도 힘차게 연한 하늘색을 띤 꽃마리와 산까치 꽃이 이웃하며 분홍색, 보라색, 흰색, 청색의 현호색들은 비밀스러운 보물 주머니처럼 힘차게 자라납니다. 자세히 보아야 아름다운 아기별 꽃 오래 보아야 사랑스러운 아기별 꽃은 김춘수 시인이 알려준 풀꽃이다.

봄을 알리며 쑥쑥 솟는 냉이, 쑥, 민들레, 자운영, 돌나물, 각종 나무 나물이 자리를 양보하기도 하고 함께 어우러지며 내것 네것 없이 어우렁더우렁 나름의 향기로 이웃을 이룬다. 그 또한 장관이다. 우리 사람도 이웃과 잘 사귀면 더없이 행복하듯이 말이다. 여린 새싹들 빼꼼히 여기저기 불쑥불쑥 푸른 하늘 우러르며 빼곡히 자라나도 서로 다투지 않는다. 다만 이웃이 가까이 가까이 더 가까이 껴안으며 자리를 채워가는 시인의 텃밭이다. 봄비라도 시원히 내리고 나면 그 들의 함성은 하늘을 찌르는 기개로 성큼 자라있다.

서울 근교로 이사 온 이후로 이른 봄날 시인의 일상이 된 텃밭 가꾸기. 마음속에 떠오르는 사람을 세어보니 열 손가락을 훌쩍 넘긴다. 오늘은 지 작가, 내일은 김 시인, 다음은 이 문인을 생각하며 힘든 줄도 모르고, 이른 새벽부터 봄나물을 전해 줄 마음에 조심스레 한소끔 씩 솎아내는 시인의 가녀린 손길이 분주하다. 이제 이 나물들은 정든 텃밭을 떠나 다른 이의 행복한 밥상의 전령이 되기로 한다. 소쿠리 가득가득 봄 입맛 잃은 누군가에게 또 다른 사랑으로 담아낼 것이다.

　머위, 고려엉경퀴(곤드레나물)와 개미취 나물, 눈개승마, 참나물을 한 소쿠리 담아내고 미역취, 개미취, 단풍 취나물도 소쿠리 한쪽에 고이 얹는다. 얌전한 시인의 손길을 받아 내는 나물들이 푸르게 속삭이는 듯하다. 봄철 입맛 돋우는데 봄나물 만한 것이 무엇이랴! 머위와 오가피, 엄나무 순, 두릅을 채취해서 끓는 물에 데쳐, 초간장에 부어 장아찌를 담기도 하고, 쌉싸름 입맛을 초고추장에 찍어 새초롬한 봄맛 돋우며, 엊그제 이웃을 초대하여 초록의 봄을 한가득 나누었다. 봄이면 입맛을 잃고 힘들어하는 봄타는 사람들에게 고마운 먹거리를 전해주는 시인의 텃밭, 시인의 수고로움이 정겹다. 나눈다는 것은 있다고만 해서 되는 것은 아니다. 특히 텃밭에 자라는 식물을 심고, 적당한 햇볕과 양분 그리고 수분을 잘 공급해 주어야만 제대로 자라서 먹을 수도, 남에게 줄 수도 있게 자란다. 더구나 싱싱하고, 신선한 나물을 나누려면 그 외에도 더 많은 수고로움을 견뎌야만 한다. 적정하게 자란 싱싱한 봄나물, 남에게 주기 위해서는 적당히 자랐을 때 한땀 한땀 솎아내는 수고로움이 전제된다.

　내 어머니도 젊은 시절부터 빈 땅을 못 보는 성미라서 항상 텃밭을 가꾸고, 가족들의 먹거리와 이웃에게 나누어 주기 위해 새벽부터 이슬 맞으며 나물과 채소 등을 채취하곤 하셨다. 그래서 시인 나물을 받아먹으며 내 어머니의 수고로움을 떠올리며 눈시울이 뜨거워졌다. 내게 정성으로 봄나물을 전해주신 그 시인의 따뜻한 마음이 전해져 감사의 마음이 들었다. 이웃 사랑을 실천하는 시인님 건강하게 오래오래 이웃이 되어주길 바랍니다. 이웃에게 정성을 나누는 시인을 보니 나의 어머니가 더욱 그리워집니다

대륙문인협회 최우수상

## 노 병 순

## 달빛 품은 파도

수없이 부딪치며 울부짖던
너의 이 밤
한자락 찾아든 빛줄기
검게 그을린 수평선
저 너머까지도
찬란한 은빛으로 어둠을 밝힌다

세차게도 불어닥치던
거적 떼기 흔적조차
가느다란 바람에도 살랑이며
실크로드 비단물결에
알몸 덮어주며 잠재우는구나

아낌없이 다 내어주는
너의 앞에서는 작아지며
한없이  초라하기까지 하지만
내일이면 눈부시도록
푸른 하늘까지도 품을 너에게 나도 너 닮은
나이고 싶다고 전하고 싶다

## 노 병 순

# 오월의 불효

오월이 오면 어김없이 찾아오는
그리운 어머니!
어머니는 친정이 없으신줄알았고 동태대가리는 좋아서 드시는
줄 알았고 흰카바 새양말은 내것인줄 믿었고
뚫어진 뒷굽 몇번씩 꿰애 신으시는것은 당연한줄 생각했습니다
헌수건 머리에 쓰시고 버려진 넥타이가
어머니의 허리띠인줄알았고
한겨울 터진 손에 흐르던 핏방울에 삐뚤어진 마디마디
어머니 손이 왜 그리되셨는지 모르척 지냈습니다

동네에서 가장 크신 나뭇동을 머리에 이시고 삼천병마로
언덕길 오르실때 헉헉 숨르시던 내 어머니의 고된삶
다시 못 오실길 가시던날
진정 후회라는것을 깨달았고
어머니의 진주빛 눈물방울에서 못다드린
불효막심에 지는 붉은
노을에 보라빛 이슬이 맺고 있다

## 노 병 순

# 칠순 꽃 잔치

자갈밭길 모래밭길 척박한 인생길
옥토 밭으로 가꾸다 보니
어느덧 검은 머리 백설 내리고
주름 꽃 피고 있었구려
화사한 복사꽃 당신을 만나
준비 없는 가장 띠 가슴에 두르니
무거워진 어깨는 축축 처지고
서툰 표현은 상처가 되었어도
함께 지낸 세월이 얼마인데

이제 눈빛만 마주쳐도
서로 알 수 있지 않던가요
나 닮은 당신이고
당신 닮은 내가 되어 있지요
우리 가야 할 길이 얼마나 남았을까요
갑오회 사파 칠순 꽃 먼 여행길 걸어오다
지난 세월 숨겨진 눈물 바가지
함중산 자락 탁팍폭포에 흘러 보내고
호롱족 깟깟 마을 고되었던 언덕에
추억으로 웃음 가득
행복으로 꼭꼭 채워
세상 끝 날까지 함께 가요

## 김 기 월

# 다시, 봄

꿈꾸듯 오네
사방에서 하얀 팝콘
톡 톡 터지듯

누구의 갈망이던가
수척해진 겨울 지나
꽃 피는 것을 허락한
바람이 풀어 놓는 사연은

보라, 저기 저 능선 위
등을 펴고 활짝 기지개를 켜는 것
들여기도 봄, 저기도 봄

제1회 대한민국 시인축제 은상

## 아정 노영숙

# 흥덕사의 꽃, 직지

고려 475년 한반도를 감싸 안은
아취와 기상으로
천년의 바람 타고 하늘에 가득하다

고국을 떠나 프랑스에서
가부좌 틀고
우주, 자연, 진리를 깨달은 지 100여 년
찰나의 '할' 고함에 긴 숨 쉬어본다

청주목 흥덕사에 석찬과 달담이
차가운 금속 덩이에 생명을 부어
고동 소리 지축을 흔들고
가는 동자꽃 영롱한 지혜는
고려인만의 찬란한 문화유산이다
무심으로 흐르는 물줄기 따라
참선하여 마음을 직지 할 때
백운 아래 기나긴 눈바람에도
우뚝 선 우암산 정기는 늘 푸르고
묘덕의 널리 베푼 보시는
돌고 돌아 불꽃처럼 타오른다

아직도
맑은 바람과 흰 구름 친구 삼아
잃어버린 빛바랜 화두 한쪽 찾으려는
직지인의 자긍심은
지금 이 순간 가슴에 열정의 불 지피는
고려 황제의 꽃 중의 꽃이다

## 프로필

충북대학교 행정학박사
충북대학교 국제개발연구소 선임연구원
충북여성재단 이사
(재) 운초문화재단 이사
한국창조문학가협회 이사
충청북도시인협회 이사
전)충청노회 교회학교 아동부연합회 회장
저서 : 시집 「옹이도 꽃이다」
      「안으려니, 꽃이다」
      「들국화가 지금 막 피어나려해」
수상 : 제1회 대한민국 시인 축제 은상(흥덕사의 꽃, 직지)

## 노을 조동선

# 기차 인생(人生)

별을 따고 바다를 건너던
푸름의 향연 영원하리라
앞만 보고 달리는 기차는

바람의 세월에 휘감기어
꽃길에서 빵빵 불타던 엔진
열정의 온도는 간데없네

빛바랜 영혼들 소슬바람에
중고 검사장으로 날아
추억의 영상을 노래합니다

간이역 운행의 길에서
정자나무 그늘 주시고
폭우 속에 떠나가신
어머니의 손길이 그립습니다

안전점검은 필수(必須)
종착역까지 왕성하게
남은 구간에 애착이 갑니다.

### 프로필

詩人. 隨筆家 조동선 雅號 :노을
° 행정사, 명예 문학박사
° (社)한국문인협회 정책개발위원회 위원
° 한국노벨재단 노벨문학 경기지회장
° 문학신문 수원지회장
° 시인의 바다 회장 外 다수

## 노을 조동선

# 배낭 길 인생(人生)

세월에 많은 사연을 담고
심신의 피로를 달래며
정상을 향해 오르는
희로애락(喜怒哀樂)의 배낭 길 인생이다

넘치는 배낭 있으면 부족한 배낭 있고
만남의 배낭 있으면 이별의 배낭 있으며
건강한 배낭 있으면 질병의 배낭 있다
권력의 짐 자체가 배낭 짐 인생이다

지게에 짐이 없을 때 무심하나
짐을 질 때 신중히 걸음 옮기고
차량도 안전운행(安全運行)에
적당한 짐이 필요하다

무게가 없다면
배낭의 짐이라 볼 수 없고
짐을 지면 허리가 굽고
심신(心身) 또한 겸손해진다

산행 시 바람 소리에
마음의 짐 메아리로 보내고
행복(幸福)의 소리만 담아보련다.

배낭이 무거울수록 큰 기쁨이요
빛의 선물이며 교관(教官)으로
행복 추구의 배낭 길 인생이다.

## 노을 조동선

# 채석강(採石江)

서해 끝 격포항(格浦港)
변산반도 국립공원
부안군 팔경의 멋스러움에
수많은 탐방객 날개를 답니다

닭이봉 팔각정 전망대
위도 살림 경관(景觀)
칠산(七山) 앞바다 해안 절경은
산수화의 전시장으로

높은 해식에, 넓은 파식대,
화산활동의 퇴적암 단층은
수만 권의 책을 도서관에
포개 놓은 시집으로
음을 내며 살아갑니다

석 피에 주름진 예술
세월 속 향기가 묻어나고
격포 해수욕장 파도
오늘도 추억으로 흐느낍니다.

## 2024년 6월 한국문예작가회 대상

### 竹泉 모상철

# 임 마중

긴 겨울날을 버티어 온
나목에 봄비는 가지를 적시어 들고
안간힘을 써대는 안타까움
바람이 흔들어댄다

그 님은 자리를 내놓으라 하네
손끝은 차가운데 기꺼이 내놓은
맞잡은 그 전율이 흐른다
그대가 있어 참 정겨워라

나뭇가지 끝에 매달려
햇살에 방긋이 웃어주고
톡톡 움트는 싱그러움이 가슴을 두드린다.
연둣빛 미소 임이 오셨다네

### 프로필

고양시 거주
아호:죽천竹泉,경산卿山
한길문화마을운동본부 선임본부장
백제문학 경기북부지회 고문
문예춘추 문인협회 부회장
한국신문예문학회 자문위원
저서:3분의1언저리의 흥얼거림

## 竹泉 모상철

# 풍요로운 계절

운무에 갇힌 산능선 따라
살며시 고개를 내미는 해
방긋 미소지으면
울긋불긋 타오르던 만산홍엽
바람결에 춤을 춘다네

냇가에서는 가을걷이 에 지친 몸
땀방울을 씻어내고
가을맞이에 흥에 겨워라
새참 들밥 이고 나선 아낙네
허리춤 아기는 칭얼이며
연신 발짓을 해대고

논 밭 길 따라나선 개구쟁이
막걸리 주전자 손에 들고
뒤뚱뒤뚱 갈지자 걸음에
꿀렁꿀렁 즐거운 주전자는
절로 취해 길가에 흔적을 남기네

멍석 위 빨간 고추 처자는
뜨거운 햇살에 속살을 드러내며
더욱 빠알갛게 익어가고
초가지붕에 박꽃 여인은
해 기울면 띄울 달을 짓느라
연신 땀을 훔치며 흥에 겹다네

## 竹泉 모상철

## 머무르는 일상

화사하게 미소 짓는 해
가슴속 설렘으로 안아본다
역병으로 지친 일상 속의
찾아드는 갈등으로

뒤돌아보는 가슴을 달래며
떠나가는 모습이 애닯파라
석양빛에 위로받는
노을 속 날갯짓 따라서

흐트러진 화려한 외출은
어둠의 적막 속으로 숨어들어
찾아오는 내일의
끝이 없는 그 길을
또다시 걸어가리라

대한민국 문학대전 대상

## 다경 이경희

# 하늘 문(門)

오색 능선 따라 고운 눈길 주다 보니
잡힐듯 말 듯한 하늘선과 마주하네

빚어낸 듯 아름다운 저 산봉우리 눈에 담으니
멀기만 했던 하늘 문이
이다지도 가까울 줄은 까맣게 몰랐네

어느새 서쪽 하늘에 자리한
붉은 노을이
내 마음의 안식처인 양 드나들줄도  몰랐다네

못내 아쉬운 이 붉은 마음은 저 푸른 창공에서 찾으리.

### 프로필

아호 : 다경
한국 문인협회 정회원
한국 문인협회 서울지회 이사
서울 중구지부 부회장
현대시선 문학사 정회원
시인의바다 운영위원 外 다수

## 황혼

바람에 밀려 산 넘고 강 건너
사연 많은 보따리 풀어 놓은
부둣가는 애증을 갈구한다

날아다니던 청춘 패인
가슴골에 아픔을 묻고
어느새 친숙해진 붉은 구름다리
홀로 건넌다

축 처진 날갯짓으로
익숙한 설움에 빠져들어 간
눈동자 아리고 아리다

서산 향해 수줍게 물든 수평선
넘어간 젊음이 파르르 떠는 물결 속이
내 집인 양 드나드는
농익은 마음 애써 다독인다.

제64회 토지문학관 코벤트문학상 시부문 대상

## 호성 정위영

# 희나리

화롯불에 덴
자식의 손 상처를

어머니는
화들짝 놀란 가슴으로
품에 품어 보듬고 쓰다듬어

봄날이면 새싹 띄워져
여름과 가을은 잎과 꽃을 피운다

나뭇잎이 우수수 떨어질 적
습윤의 낙엽 하나

자식은 책갈피 속에
고이고이 품어 간직하며

으스러질까
가슴 속 습윤으로 품는다.

### 프로필

1966~ 작가(시인/수필가/호성/강릉).
시집 [은둔의 문] [은둔의 문 2] [은둔으 문 3] 발간
(사)한국문협회 정회원
(사)청암문학작가협회 정회원
(재)노벨문학신문 강릉지회장
문학사랑 문학 회 전략운영위원장

노벨재단 아시아 유명작가 시화전 대상

**호성 정위영**

## 해풍 축제

남과 여
눈 맞춤으로 짝지은

고교 해풍 축제장에
경쾌한 음악이 흐르고

곱게 여민 맵시 흐트러졌나
분주하게 내밀던 손길

댄스 음악이 흐르니

수줍어 우왕좌왕 발동작
엉거주춤 사교 춤사위는

애꿎은 먼지만
펄펄

한국문학예술진흥원 명 시인전 대상

## 호성 정위영

## 죽림칠현도

선선한 바람결에
황금빛 물드는 개울가

잔잔하게 흐르면
매화의 버들가지 넘실넘실

참새들이 바람결 따라
댓잎 가르면

청담한
풀피리 소리 흩날린다.

## 김 방 윤

# 연잎에 비

봉선사 경내
목탁 소리 풍경소리
깊은 적요로 감기는데
호젓이 느끼는
조촐함과 단순함으로 울타리친
내 마음 안 뜰에 세운
절간 하나

### 프로필

– 서강대학교 교육대학원 졸업 교육학석사
– 월간 조선 문학 등단
– 한국가톨릭 문인협회 회원
– 한국문인협회 회원
– 한국 현대 시인협회 회원

김 방 윤

## 창

운동장이 훤히 내다보이는
메타스퀘이아 숲 저쪽으로 펼쳐지는
창틀 캔버스 삼아
철쭉 라일락 아가똥풀 민들레 풀꽃
지천으로 피고
햇빛 함께
깃든 산뜻한 기쁨으로 몰입되는
몰아의 한때를
풍경으로 담아보기


## 어느 날의 파한

기댈 데 없다 여길 때
숲 바라기로
나뭇잎의 흔들림을 보는 일
흔들림으로 자연을 읽는 일
읽어 가슴 채워보는 일
도서관 맑은 창가에 앉아
책을 읽는 일 벗하는
어느 날의 파한

## 김 방 윤

### 서화선

선선한 바람
채우지 못한 여백 켜켜이
먹빛이 삼투돼 채웠다.
수묵으로 번진 단아한 한 폭의 그림
마음 밭 가꾸듯
부챗살에 넣어 접었다 펴면
솔 향기 상긋
누가 말했던가
부채를
'부지런한 이의 벗이라고'

### 생각

푸른 소나무 가지와 가지가 스크랩을 짜듯
생각의 가지들도 가지를 펼친다
하늘 높고 맑아
영원도 잘 보이는 날
생각의 나무들이 바람으로 읽는
독백들이 들린다
이런 날엔
이승의 못다 이룬 시린 맘 안고
먼 길 떠난 아버지도 보인다

## 만추의 계절

여린잎 피어나
초록으로 반짝이던
싱그러운 봄날 가슴 뛰며 설레었지

초록잎 물들어 단풍으로
변해가는 풍경을 바라보며
황홀하여 눈물 흘렸지

계절의 뒤안길 낙엽이 우수수
바람에 나부끼며
발끝에 바스러지는 소리
가슴을 참 아리게 하는구나

단풍이 곱게 내려앉은
만추의 계절
가을이 깊어가니 마음도 깊어간다.

### 프로필

전남 영광 거주
대한문학세계 시 부문 등단
(사)창작예술인협의회 회원
대한문인협회 서울지회 홍보차장
(사)한국마이다스밸리댄스협회 강사

은　별

# 마음으로 보는 행복한 삶

아침
새들의 맑은 화음 소리가
나는 참 좋아요

저녁
해가 넘어가는 하늘 풍경이
그림처럼 예뻐요

보이지 않는 여백은
상상으로 채우며
마음의 중심에서
통찰하는 능력을 갖춰봐요

풀꽃 같은 추억들이
소담스럽게 피어 있는
한적한 길을 걸어요

하늘하늘 춤추는
예쁜 꽃무리 속에서 사랑을 느껴봐요
마음으로 보는 행복한 삶은
언제나 부유하고 아름다워라.

은 별

# 고향 포구

앉아 있노라면
푸른 언덕이 보이고
서 있노라면
빈 바다가 보이고

낮이면 파란 물결이 멀리 보이고
밤이면 하얀 물결이 찾아오는 곳
그곳이 내 마음의 고향이라오

한 마리 물새가
시름없이 찾아왔다 날아가는
아주 한적한 포구
행여 빈 배가 있으면
고동소리 있겠지만
빈 배가 없는 날이면 바람 소리뿐

마음 설레게 하는 고향 포구
기억에도 없는 날은
풍랑에 묻히는
비바람 부는 날이었소.

장 용 순

## 흐린 하늘

먼 하늘 너머
해가 구름에 가려
깨끗한 도화지처럼
하얗게 펴면

그리운 소식은
들리지 않고
바람에 꽃잎
하나씩 날리네

마음으로 바라보는
흐린 하늘은
아름다운 추억들이
그려지고

바람 불어
외로운 사랑은
흔들리며 피는
꽃이 됩니다

## 장 용 순

# 젊은 날의 미소

너를 생각하면서 걷는 길
발길에 밟히는 낙엽의 소리
바람처럼 흘러간 세월 속에
구름처럼 흘러간 기억들

너의 미소 떠올라 멈춰 서서
하늘을 보면  밝은 둥근 달
너를 보낸 아쉬운 기억들이
보석처럼 빛나는 별이 되고

너의 모습 보고 싶어 돌아보면
안개에 싸인 산 굽잇길
슬픔이 돌아간 곳에 어리는
아름다운 젊은 날의 미소.

## 장 용 순

# 사랑이 아프다

꽃이 잘 꾸며진
길을 걷는다

말라버린 꽃잎을 걷고
얼마 피지 못할
꽃을 심고
흙을 덮는다

사랑 없이
사는 삶이 아프다

이별이 두려워
다시 덮는 흙에는
눈물이 배어 있다

수없이 많은 날을
함께하고도
아직도 외로운 것은

사랑이 아프기 때문이다

# 오선문예
## 좋은 글 선정작

오선문예 좋은 글

이 운 재

## 겨울

겨울엔
사랑했던 만큼의
한 움큼만 더 사랑할렵니다
넘치면 부담되고
모자라면 아쉽고...
뽀드득 뽀드득
달콤한 멜로디 만큼만
사랑할렵니다.

## 일출

당신을 만나려면
흥겨워 출렁이는 춤사위가 있어야 되는 줄 알았습니다
새벽 단정학에 흥미를 잃어 서성이고 있을 때
뻘건 이마를 내미는 당신은
한아름 안아주고 싶은 여인이었습니다
당신에 취해 한자리에 머물면 우측으로 도망을 해
당신을 붙들려고 좌측으로 움직여야 했습니다
한시도 묵묵히 가만있지 않는  새침띠기 당신이기에
나도 덩달아 너털너털 헛기침하며
나를 버리기까지 해야 했습니다.

## 김 태 순

# 가을이 남기고 간 시린 자리

무심결에 드르륵 열어보는 창문
차가운 한기가 싸아하게 야윈 몸 휘감는다
가을이 머물다 간 앙상한 가지에
칼날같은 서릿발이 세차다

아무도 없는 적막함 이 도시의 밤
그렇게 한 생명이 다해간다
아무도 모르게
찬란했던 추억을 그리워하며
서늘한 가슴 여미는
차갑고 메마른 가지에도

시린 날들이 지나고 나면
따스한 기운이 감돌고
자궁에 움트는 사랑의 약속
아기 닢이 방긋 웃을 테지

나의 눈가에
나의 메말라가는 눈가에도
파릇한 새싹이 돋을 수는 없을까

## 김 태 순

## 파도

파도는 눈이 없어 부딪쳐 부서지고
또 다른 곳에 밀려가서 깨어지고
온갖 세파가 부닥쳐도 푸르름을 지킨다

세찬 비바람을 맞으며
말없이 불평 없이 꿋꿋이 자라는 해송
거친 파도에는 허리를
굽혔다 일어서는 해초 푸른 삶을 지탱한다

세상살이가 누구나
쉽게 살아갈 수 있나
젊은 파도같이 힘차게 활기차게
여기저기 부딪치며  담금질하며
어차피 주어진 인생
그렇게 살아갈 수밖에.

## 계절을 담는다

내 앞에 나타난 또 다른 계절
가슴속에 가둬두기엔 벅찬데
스치는 여린 바람에도 꽃비는 내린다

말 없는 풍부한 햇살에 물오른 수양버들
늘어진 가지에 싹트는 작은 그리움
벌써 눈치챘겠지 꽃 망울에 담아보는
내 뛰는 가슴속 그 심장

꽃그늘 아래서 지난날들을 어루만지는
뛰는 심정 그리움일까
어김없이 반복되는 계절
그 누구를 그리워한들
해마다 같은 계절에 찾아올 수 있을까

쓰라린 아픔 지독한 4계절
숨길 수 없는 그리움이 밖으로 튀어나온다
떨어지는 꽃잎 속에 담는 절정의 눈물

박 수 준

# 겨울이 밀려오는 밤

가을이 가슴 깊이 파고든다
봄부터 써 내려간 그리운 엽서가
끝도 없이 떨어지는 가을밤
별빛에 물들어 흘러내리는 이슬이
한밤의 시름을 달래던 가슴에
가을을 재촉한다

적막한 밤은 정지된 듯
눈앞엔 어둠이 서성이고
껌뻑이던 간판 불도 눈을 감는데
취기가 가득 찬 선술집은
어깨가 처져 천근만근 힘이 빠지고
가을이 가득 찬 나뭇가지 너머
멀리 하얀 겨울이 보인다

부산시 사상구청 시화전 출품작

## 박 경 선

### 다대포

순백의 첫눈보다 더 새하얀
꽃송이 안고
환호하며 달려오는
다대포 푸른 물결

부서지며 하나가 되는 순간
몰운대 숲 나뭇가지엔
하얀 소금꽃이 피고 진다

발가락 사이로 빠져나가는
사구의 속살거림은
뭇사람 추억의 입자들

오래전 쪽빛이 된
그리움 한 폭 건져올려
인연 맺지 못한 아릿함도 잠시

나른한 몽환에 빠져들어
두둥실 떠있는
구름 베고 누워도 좋을
따스한 봄날의 오후

## 만경 최덕영

# 觀照(관조)

떨어지는 것이
낙엽인줄 알았더니 청춘이더라
흘러가는 것이
구름인줄 알았더니 세월이더라

가까이 있는 것은 내가 다가감이요
멀리 있는 것은 내가 떠나옴이다

날아가는 것이
날개인줄 알았더니 허공이더라
멈춰있는 것이
시간인줄 알았더니 아집이더라

볼 수 없는 것은
내가 눈을 떴기 때문이요
볼 수 있는 것은
내가 눈을 감았기 때문이다.

## 자귀나무

자귀나무 꽃은 수컷 봉황의 눈썹이다
수컷 봉황이 사랑의 징표로
자신의 눈썹을 모두 뽑아
암컷 봉황에게 바쳤다
암컷 봉황은 기뻐서 그 눈썹으로 온 몸을 치장하고
둘은 나무위를 뛰놀며 사랑을 했다 어느 날,
다른 수컷 봉황 한 마리 날아와
암컷을 유혹했다 암컷이 자기애인 얼굴을 가만히 보니
눈썹이 없어 볼품이 없었다
반면에 화려한 눈썹으로 윙크하는
다른 수컷은 너무나 멋있었다
암컷은 다른 수컷과 함께 멀리 날아갔다
홀로 남겨진 수컷 봉황은 한없이 울었다
세월이 흘러 수컷 봉황의 눈에는 예전보다 더 짙고 하려한 눈썹이 자랐다
다른 암컷 봉황들이 날아와 수컷 봉황을 유혹했다 하지만
수컷 봉황은 눈길 한 번 주지 않고 떠나간 암컷 봉황만을 기다렸다
다시 자란 자신의 눈썹을 모두 뽑아
나무를 화려하게 장식한 채

# 2024 국내문학상 수상작품 모음집

초  판   2024년 9월 20일

엮은이   오선문예 이민숙

편집인   김복환 박순 이효

발행처   오선문예

출판등록   제2024000028호

주  소   서울시 강동구 양재대로

전  화   010-3750-1220

이메일   minsook09@naver.com


값 15,000원


ISBN  979-11-988410-1-8